JN083366

あなたの番です 反撃編

シナリオブック

下

企画・原案
秋元 康
脚本
福原充則

飛鳥新社

キウンクエ蔵前

501室
佐野 豪(42)

502室
南 雅和(50)

502元住人
赤池美里(50)
吾朗(52)
幸子(78)

401室
木下あかね(38)

402室
榎本早苗(45)
正志(48)
総一(14)
サンダーソン正子(45)

403室
藤井淳史(43)

404室
江藤祐樹(23)

301室
尾野幹葉(25)

302室
手塚菜奈(49)
手塚翔太(34)

303室
空室

304室
二階堂 忍
(25)

304元住人
北川澄香(42)
そら(5)

201室
浮田啓輔(55)
柿沼 遼(21)
妹尾あいり(21)

202室
黒島沙和(21)

203室
シンイー(22)
クオン(21)
イクバル(45)

204室
西村 淳(38)

101室
久住 譲(45)

102室
児嶋佳世(42)
俊明(45)

103室
田宮淳一郎(58)
君子(55)

104室
石崎洋子(35)
健二(39)
文代(9)
一男(6)

管理人
床島比呂志
(60)
蓬田蓮太郎
(25)

所轄刑事
神谷将人
(26)
水城洋司
(48)

菜奈の夫
細川朝男
(45)

看護師
桜木るり
(25)

黒島の
ストーカー
内山達夫
(21)

手塚《てづか》菜奈《なな》(49)

原田知世

スポーツウェアなどの在宅デザイナー。ミステリー好きの読書家。交換殺人ゲームを止めるべく行動するが、何者かに殺され自宅の寝室で遺体となって発見される。

302室

手塚《てづか》翔太《しょうた》(34)

田中 圭

スポーツジムのトレーナー。ミステリーが好きで独特の嗅覚を持っている。突っ走るとまわりが見えなくなるタイプ。菜奈を殺され、犯人を突き止めるため動き出す。

101室

久住《くずみ》 譲《ゆずる》(45)

袴田吉彦

独身。エレベーターの管理会社に勤務。引いた紙の人物"細川朝男"の正体を知り、エレベーターから突き落とすが、落ちる際に足をつかまれ、共に落下。

児嶋《こじま》佳世《かよ》(42)

片岡礼子

夫・俊明との関係が冷え切った寂しさから、マンション内の子どもに異常に執着し、トラブルになる。ゴルフバッグの中から右足だけの遺体となって発見される。

102室

児嶋《こじま》俊明《としあき》(45)

坪倉由幸(我が家)

地図会社勤務。異常に子どもを欲しがる妻に愛想をつかし別居中。会社の部下と不倫している。佳世の遺体の第一発見者。

田宮《たみや》淳一郎《じゅんいちろう》(58)

生瀬勝久

早期退職した元エリート銀行員。真面目すぎるが故に融通がきかず、部下にも過剰な指導をしてしまった結果、早期退職に。小劇団に入り、現在は演劇に夢中。

103室

田宮《たみや》君子《きみこ》(55)

長野里美

淳一郎の妻。不器用な夫を叱咤激励するしっかり者。

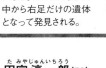

104室

石崎洋子《いしざきようこ》(35)

三倉佳奈

主婦。2人の子供の母親。教育に熱心で常識人。ゲームでは殺したい人がいなかったため自分の名前を書く。自分の書いた紙を引いた人物がわからず恐怖に怯えている。

石崎健二《いしざきけんじ》(39)

林 泰文

区役所職員。堅実で真面目で計画的。

石崎文代《いしざきふみよ》(9)

田村海優

小学3年生。しっかり者の優しいお姉さん。

石崎一男《いしざきかずお》(6)

大野琉功

いつも姉について行動する小学1年生。甘えん坊で自由。

201室

浮田啓輔《うきたけいすけ》(55)

田中要次

暴力団の下っ端構成員。筋を通すタイプ。自分の書いた紙"赤池美里"が殺され脅迫される。犯人に心当たりがあり、行動を起こすが、何者かに首を絞められ殺害される。

柿沼 遼《かきぬま りょう》(21)

中尾暢樹

浮田の子分。居候で、あいりの恋人。一見チャラいが、まっすぐでしっかり者。浮田殺しの犯人をあいりと一緒に探している。

妹尾《せのお》あいり(21)

大友花恋

メンズエステで働いていた。居候。浮田の娘のような存在。柄は悪いが心優しい。浮田が殺され復讐に燃えている。

203室

シンイー(22)

金澤美穂

中国人留学生。近所のブータン料理店でバイトしていた。紙に書いた名前は、セクハラを受けていたバイト先の店長"タナカマサオ"。店長の死後、脅迫をされる。

202室

黒島沙和《くろしまさわ》(21)

西野七瀬

理系の女子大生。いつも体のどこかをケガしている大人しい性格。ある時を境にケガもなくなり口数が増える。交換殺人ゲームの推理にも積極的に参加する。

301室

尾野幹葉《おのみきは》(25)

奈緒

独身。有機野菜の宅配サービス会社に勤務。オーガニック大好き。なぜか翔太に強い執着心を持っており、待ち伏せ、プレゼントなどの攻撃を仕掛ける。

204室

西村《にしむら》 淳《じゅん》(38)

和田聰宏

独身。小規模の外食チェーンを運営する会社の社長。

304室

二階堂《にかいどう》 忍《しのぶ》(25)

横浜流星

ドライで無愛想。黒島と同じ大学の院生でAIの研究をしている。頭脳明晰だがコミュニケーション能力が低く、極度の偏食。

元304室住人

北川澄香《きたがわすみか》(42)

真飛 聖

シングルマザー。ラジオのパーソナリティ。多忙で息子を放置しがち。"児嶋佳世"の名前を書き、本当に殺されたことに罪悪感を抱く。そらを守るため引っ越していく。

401室

木下《きのした》あかね(38)

山田真歩

独身。マンションの清掃係。住民のゴミを漁り動きを観察しているが、その目的は不明。

北川そら(5)

田中レイ

保育園児。忙しい母親にかまってもらえず、1人で遊んでいる。

403室

藤井淳史《ふじいあつし》(43)

片桐 仁

学生時代からの友人"山際祐太郎"を妬みゲームで名前を書いた。苛烈な脅迫を受け追い込まれていく。

イクバル(45)

バルビー

バングラデシュ人。SE。

クオン(21)

井阪郁巳

ベトナム人。左官見習い。故郷に仕送りしているが、不法滞在。シンイーの恋人。

402室

榎本早苗《えのもとさなえ》(45)

木村多江

専業主婦。住民会会長。やや押しに弱いが明るい性格で、菜奈と仲良くなる。息子・総一を守るため交換殺人ゲームで"山際祐太郎"を殺害。逮捕され現在勾留中。

榎本正志《えのもとまさし》(48)

阪田マサノブ

早苗の夫。警視庁すみだ署生活安全課の課長。出世競争まっただ中。息子の監禁容疑で逮捕、現在勾留中。妻の犯行を隠そうと刑事の神谷を利用している。

榎本総一《えのもとそういち》(14)

荒木飛羽

早苗と正志の一人息子。部屋に監禁されていた。

榎本《えのもと》サンダーソン正子《まさこ》(45)

池津祥子

正志の妹で総一の叔母。

元502室住人

赤池美里《あかいけみさと》(50)

峯村リエ

周囲のイメージとは違い、姑の幸子とは仲が悪い。わがままな幸子の介護に疲れ果てている。自らの誕生日を祝おうとケーキを運んでいたところ、殺害される。

赤池幸子《あかいけさちこ》(78)

大方斐紗子

元々の地主。車椅子生活の介護老人。美里と吾朗が殺害された時は、頭からビニール袋をかぶせられパニック状態だった。現在は介護施設に入居している。

赤池吾朗《あかいけごろう》(52)

徳井 優

幸子の長男。商社勤務。美里と幸子の不仲を知りつつ、見て見ぬふりをする気の弱い夫。美里と共に首を切られ殺害される。

404室

江藤祐樹《えとうゆうき》(23)

小池亮介

独身。IT起業家でアプリを作っている。なぜか502号室の幸子と仲がいい。

501室

佐野《さの》豪《ごう》(42)

安藤政信

謎の男。常に外階段を使って大荷物を運んでいる。

細川《ほそかわ》朝男《あさお》(45)

野間口 徹

菜奈が以前勤めていたデザイン会社の社長で、元夫。菜奈に別れてほしいと懇願されるが、一向に離婚届を出そうとしない。久住に襲われ、エレベーターで転落死する。

502室

南《みなみ》　雅和《まさかず》(50)

田中哲司

家賃が格安という理由で、502号室に引っ越してくる。事件のことを無神経に聞き回る不躾な行動によって、住民達から不信感を抱かれている。

床島《とこしま》比呂志《ひろし》(60)

竹中直人

図々しく空気が読めない。菜奈と翔太が引っ越して来た当日、302号室の真下に転落し亡くなる。マンションの掲示板には“管理人さん”と書かれた紙が貼られていた。

蓬田《よもぎだ》蓮太郎《れんたろう》(25)

前原 滉

派遣されてきた新管理人。仕事にやる気はないが、妙に馴れなれしい。木下に好意を抱いている。

神谷《かみや》将人《まさと》(26)

浅香航大

警視庁すみだ署の刑事。推理力、洞察力に優れているが、ドライで合理的。交換殺人ゲームについて核心に迫る事実を掴んだが、何者かに殺される。

水城《みずき》洋司《ようじ》(48)

皆川猿時

警視庁すみだ署の刑事。刑事のくせに極度の怖がり。全く仕事ができないように見えてたまに鋭いことを言う。

内山《うちやま》達生《たつお》(21)

大内田悠平

黒島のことをいつも陰から見ているストーカー。

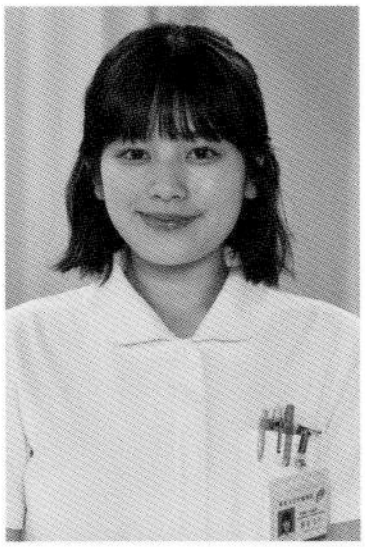

桜木《さくらぎ》るり(25)

筧 美和子

藤井が働く病院の整形外科の看護師。白衣の天使の可愛い見た目に反して、中身はドS。

あなたの番です 反撃編

下

目次

主な登場人物紹介

002

第16話

009

第17話

079

第18話

147

第19話

217

第20話

287

脚本・福原充則インタヴュー

「あなたの番です」を振り返って

356

脚本・福原充則による各話レヴュー

359

あなたの番です

第16話

#16

1　前回までの振り返り

翔太（N）[※1]「知らない間に行われていた交換殺人ゲーム」

×　　×　　×

前半シーズンで殺された人達が次々と映し出される。

×　　×　　×

［回想　＃[※2]10　S[※3]56］

翔太（N）「大好きな人を奪われて」

菜奈、穏やかな微笑みをたたえたまま、黙っている。

そしてハエが一匹、飛んできて、菜奈の顔に止まる。

翔太「菜奈ちゃーん！！！！！」

×　　×　　×

［回想　＃12　S44］

イクバル②と③が、翔太の頭に麻袋を被せ、外へ連れ出そうとする。

翔太（N）「犯人を見つけ出そうにも…」

×　　×　　×

※1　ナレーション（以下N）

※2　シャープ（以下＃）。ドラマの放送回数。「第1話」なら「＃1」

※3　シーン（以下S）

[回想 ♯14 S29]

君子「まさかこれ…甲野さんの名札ですか?」

× × ×

[回想 ♯14 S59]

黒島が電車を待っている。

そこへ電車がやってくるアナウンス。

と、次の瞬間、誰かに押され、突然線路へと転落していく…。

白線の上には、何者かの黒いスニーカーが印象的に。

翔太(N)「知らないところでいくつもの出来事が起きているようで…」

× × ×

[回想 ♯13 S48]

袴田「うわっ!」

袴田、絶命。颯爽《さっそう》と立ち去る桜木。

× × ×

[回想 ♯14 S3]

久住「はじめまして、袴田吉彦です」

翔太「…」

［回想 ＃15 S34］

藤井「記憶喪失とかズルくない？　久住君！」

久住「どうして、そうやってすぐ気付いちゃうんですかぁ」

× × ×

［回想 ＃13 S33］

柿沼「浮田さんはよぉ、首絞められたみたいで、ひでぇ死に方でさ。それでも顔は笑ってたんだよ」

× × ×

［回想 ＃13 S34］

二階堂「笑ってた？　確か菜奈さんも……」

× × ×

［インサート　浮田の死体］

［インサート　赤池夫婦の死体］

［インサート　菜奈の死体］

翔太（N）「それでもゲームとは別の殺人が起きている手がかりをなんとか……」

× × ×

［回想 ＃15 S39］

メモを開くと、【児嶋佳世】と書いている。

翔太　「…？」

×　×　×

［回想 ＃15 S40］

食肉加工場で吊された肉の間から、佳世の遺体が。

微笑んでいる。

×　×　×

［回想 ＃15 S42］

神谷　「奥さんを殺した犯人がわかったような気がするんです」

翔太(N)「なんとか掴《つか》みかけたと思った矢先に…」

×　×　×

［回想 ＃15 S45］

翔太が神谷を探してキョロキョロしている。

と、少し先のベンチに座っている神谷を発見。

翔太、近づいていって、声をかける。

翔太　「神谷さん！」

神谷の身体はガクンとのけぞり、こめかみにも深く釘が刺さっていること、口角が上がっていることがわかる。

翔太「ああーーー!!」

2　病院・救急処置室前

ソファーに翔太と、落ち着きのない様子の水城が座っている。
と、医者が出てくる。立ち上がる2人。

医者「…(首を横に振る)」

翔太、呆然と立ち尽くし、

水城「あぁぁぁぁぁぁぁぁぁぁぁぁあぁぁぁぁ!」

廊下に水城の叫び声が響く。

3　すみだ署・外観(日替わり)

4　同・取調室

翔太が刑事①、②から事情聴取を受けている。

刑事①「ご協力ありがとうございます。こちらお返しします」

と、翔太の携帯を返す。

翔太「もっと疑わなくていいんですか？　ちゃんと捜査してま…」

刑事②「(声を荒げ) してますよ！」

刑事①「(手で収めて)失礼しました。我々も同僚を殺され、決して冷静ではないのです」

翔太「すいません…」

刑事①「あなたのアリバイは公園内の防犯カメラでも確認しています」

翔太「なら犯人もカメラに…？」

刑事①「映ってはいたんですが、人物の特定には至っていません」

刑事①、防犯カメラ映像のプリントアウトした資料を見せる。

粗くて、暗い上に、遠い視点でよくわからない。

翔太「…」

刑事①「この人物に心あたりは？」

翔太「(首を振る)」

× × ×

［インサート　公園内の防犯カメラ映像］

立っている神谷の足首を何者かが切りつけ、立てなくしてベンチに座らせてから、ドリルのような物で手足を打たれている。

刑事①（声）「神谷はまずアキレス腱を切られ、その後、インパクトドライバーで全身23箇所に120ミリのビスを打たれたようです。致命傷は最後のこめかみに打たれた一本で…」

× × ×

翔太「それだけの数を打つというのは…」
刑事②「猟奇的なクソ野郎なのかも…」
翔太「拷問してたんじゃないんですか？」
刑事②「拷問？」
翔太「手足にビスを打って拷問して、なにかを聞き出そうとしてたんじゃ…」
刑事①「神谷は何か、重要な情報を？」
翔太「妻を殺した犯人がわかりそうだと言っていたんです。なにかメモとか…」
刑事②「携帯含め、すべて犯人に持ち去られたようで（ただ…）」
翔太「持ち去らなきゃいけなかったんですよ！　そこに自分の名前が書いてあったから」

5　同・遺体安置所

水城が、神谷の遺体を眺めている。

水城「…神谷、泣かなくてごめんな。怒りでよ、涙が蒸発しちゃってんだ」

6　同・遺体安置所・前の廊下

水城が安置所から出てくる。呼びに来た刑事②が、水城に気付き、

刑事②「水城さん」

水城、懐からお守りを出し、

水城「やるよ…ほら」

刑事②「え？」

水城「あとこれと、これも」

水城、次々とポケットからお守り、塩、紙垂《しで》などを出して渡す。

刑事②「？」

水城「神も仏もいないことがわかった。もう頼らねぇ」

刑事②「あの…神谷さんのパッタイに残った傷ですが…」

水城　「（刑事②を殴り）パッタイじゃねぇ！　遺体だ！」
刑事②　「…」
水城　「誰にも神谷のことをパッタイなんて呼ばせねぇ」

7　同・取調室付近・廊下

事情聴取が終わり、警察官に付き添われ歩いている翔太。
と、向こうから俊明が歩いてくる。
翔太　「あ…」
俊明　「…（驚きつつ会釈）」

8　川沿いの道

翔太と俊明が川を背にして話している。
翔太　「じゃあずっとその倉庫に？」
俊明　「凍ってたそうですよ。綺麗なまま…」
翔太　「本当にすいません、死因って聞いても…」

俊明　「首を絞められて、窒息死だそうです」
翔太　「薬とかではないんですね」
俊明　「…あなたはすごい」
翔太　「え？」
俊明　「私は犯人捜しをする気力もないです。情けないって、妻にも笑われてる気がします」
翔太　「そんな…」
俊明　「いいえ、実際遺体を確認しに行ったら、あいつ笑ってましたから」
翔太　「え…!?」
俊明　「え？」
翔太　「そうですか…笑ってましたか…」
俊明　「はい、なにか？」
翔太　「犯人、同じ奴ですよ」
俊明　「え？」
翔太　「これは…復讐しがいがありますね」
俊明　「…（やや引いてる）」
翔太　「…」

タイトル
『あなたの番です‐反撃編‐』

9　黒島の病院・病室

二階堂がお見舞いに来ている。

二階堂「その刑事さんも笑っていて、やっぱり同じ犯人なんじゃないかって」

黒島「じゃあ…」

二階堂「黒島さんが監禁されてた時に部屋にいたのが、その刑事さんだったって言ってたから、いろんな可能性が考えられると思う」

黒島「あの時の…」

×　　×　　×

［回想 ♯10 S38］

吊されている黒島。

神谷「決断は早い方なんです」

いきなり黒島のみぞおちを殴る。

× × ×

二階堂「なにか思い出すことあるかな？（とPCを構える）」
黒島「前にも話したこと以外には…」
二階堂「殴られたって言ってたよね？　感触で手の大きさとか」
黒島「さすがに目隠しされてたんで…」
二階堂「…」
黒島「すいません」
二階堂「あ、ううん…」

妙な沈黙。

黒島「〝すいません〟ってよそよそしいですかね？」
二階堂「え？」
黒島「あの…付き合うとしたら」
二階堂「つ…付き合う？」
黒島「あれ…付き合うことになったんじゃなかったでしたっけ…？」
二階堂「付き合うことになりました…よね？」

黒島「はい」
二階堂「…」
黒島「…そうだ、来週、退院できそうだってお医者さんが」
二階堂「来週、退院ですか」
黒島「はい、来週退院です」
二階堂「退院ですか、来週…」
ぎこちない2人、そのまま黙って、照れ笑い。

10　キウンクエ蔵前・外観

11　同・1階エントランス

洋子と君子が集合ポストの前で話している。
洋子「…私もご主人は見てませんけど」
君子「あぁ、そうですか…」
洋子「もうね、怖いことばっかり！　久住さんだ…。あ、久住さんだって殺人容疑が晴れたわけじゃないのに退院してきたって」

君子　「えぇ?」

洋子　「ねー。もう怖いですよねー」

翔太と俊明が一緒に帰ってくる。

君子　「あ…」

翔太　「あっ」

×　　×　　×

[回想 #15 S30]

君子　「主人が帰ってきてなくて」

翔太　「えっ?」

君子　「浮気も疑ったんですけど、それよりもあなたと…」

×　　×　　×

[回想 #8 S26]

淳一郎と君子、ようやく翔太に気付いた。

翔太　「どうも…お話がありまして」

淳一郎　「部屋に戻ってなさい」

君子　「まだ途中…」

淳一郎　「戻れと言ってる!」

君子（声）「コソコソ話していたことのほうが気になって」

×　×　×

君子「ちなみに、これに心当たりは？」
そう言いながら、君子、手に持っていた箱を翔太に差し出す。
翔太、箱を開ける。中には甲野の名札。

翔太「えっ…」

×　×　×

翔太「あの（君子に淳一郎のその後を聞きたいが、他の人の手前、躊躇《ちゅうちょ》する）」
洋子「あぁ！　あっ、あっ…！」
洋子、君子を盾にして怯《おび》える。
俊明「（またなにか言われるとうんざりして）…なんですか？」
洋子「昨日、警察に連れて行かれてましたよね？　やっと安心して眠られると思ったのに…」
俊明「別に逮捕されたわけじゃなくて」
翔太「はい、奥さんの遺体が見つかったんです」
君子「え？」
洋子「どこで!?」

俊明　「食肉加工の工場で…凍ってたんです」
洋子　「ひどい！（君子に）ご主人も、こいつに凍らされてる可能性ありますよ！」
君子　「えぇ？」
俊明　「あの…」
洋子　「私、死体を運び出してるのを見た気がしてるんです」
俊明　「気がしてるって…妄想が過ぎませんか」
洋子　「そうだ、ご主人が付けてた監視カメラ、確認しましょ！」
俊明　「どうぞ、気の済むまで確認してください」
洋子　「ええ、やりますよ」
俊明　「やってください」
翔太、どうしたものか迷っていると、自動ドアの外側に南が立っているのに気付く。※自動ドアのセンサーの範囲内に一同が立っているので、ドアは開きっぱなしの状態。
翔太と目が合うと、逃げるように去る南。と、丁度やってきた水城とぶつかりそうになる。南、行ってしまう。代わりに水城が入ってきて、
水城　「すいません、少しお話できます？」
翔太　「あっ、はい」

水城、一同を見回して、「外で」という身振りで翔太をうながす。

翔太　「あ…すいません」

翔太、一同に会釈してその場を去る。

洋子　「何かあったんですかね。ハァ…」

一瞥《いちべつ》して、俊明も部屋に戻っていく。

その後を洋子が「逃げるのか」「人殺し」等々言いながら、付いていく。

君子　「…」

一人になって君子、携帯を取り出す。発信履歴に【♥旦那さま♥】の文字が並ぶ。

電話しようとして、ため息をつき、やめる。

そのまま去っていく君子。カメラは君子を追わず、集合ポストに近づき、さらに401号室のポストへ寄っていく。

×　　×　　×

[ポストの中]

ポストの中で、ICレコーダーが赤いランプを点滅させている。

と、ポストが開き、

×　　×　　×

木下がレコーダーを取り出し、録音された音声を確認しながら去っていく。

12　同・エレベーター・中

木下が録音内容を聞いている。

音声（俊明）「食肉加工の工場で…凍ってたんです」

木下「!?…」

［回想　＃14　S28］

佐野が食肉加工場へ裏口から入っていく。遅れて木下が現れる。

×　×　×

木下「…」

×　×　×

13　公園

翔太と水城がベンチで会話している。

翔太「じゃあ早苗さんが書いた紙は【管理人さん】」

水城「えぇ、これについては夫の榎本正志も供述しています。それと先ほど話したケーキのプレートについての電話が神谷からの最後の電話でした」

翔太「妻を殺した犯人については？」
水城「私には何も…」
翔太「そうですか」
水城「あっ、ひとつわかったことが。このナイフが神谷の上着のポケットに入ってたんですが…（と写真を見せる）、鑑識によると、赤池夫婦殺害時に使用されたものだと確認が取れました」
翔太「神谷さんが赤池夫婦を殺した…」
水城「とでも思わせたいんですかね？」
翔太「ありえませんよね。同一犯の犯行だとバラしてるようなもんです」
水城「犯人が安易な思考の持ち主なのか、それとも…」
翔太「僕達のことからかってるんじゃないんですかね。わざとヒントを与えて、楽しんでるようにもとれます。くそっ（と座ったまま宙を蹴る）」
水城「（偶然同時に）くそっ（とベンチを叩く）」
翔太・水城「…（お互い見合って、お互いの気持ちを察する）」
水城「遺体が笑ってる件ですが…」
翔太「えぇ」
水城「公園に残された足跡は26・5センチ、浮田殺しの犯人と一致します。そして赤

翔太　池夫婦の凶器。それ以外の件についても共通点の洗い出しを急ぎます」
水城　「お願いします（と頭を下げる）」
　　　「…。頭を下げなきゃいけないのは私の方です。全てが解決した時に、改めてお詫びさせてください」
翔太　「はい」
　　　翔太、去りかけるが、
翔太　「あ…さっき、神谷さんが榎本さんに脅されてたって言いましたよね？」
水城　「はい」
翔太　「調べていただきたいことと、お伝えしておきたいことがひとつずつあります」
　　　（※黒島の元彼と、神谷が監禁部屋にいたこと）
水城　「ひとつずつ？」

14　キウンクエ蔵前・5階廊下〜501号室・佐野の部屋前（夕）

　　　木下があたりを伺《うかが》いながら、廊下を歩いている。
木下　「…」
　　　木下、501号室のチャイムを押しかけてやめて、ドアに耳を当てる。

なにやら床を引きずる音が聞こえる。

木下「…？」

と、人の気配を感じて、階段から逃げていく木下。

代わりにコンビニ袋と脇に新聞を４紙挟んだ南が現れ、５０２に入っていく。

15　同・502号室・南の部屋・リビング

南、部屋に入るとすぐに、４紙全ての新聞をハサミで切り抜いていく。

切り抜かれた記事は、【食肉加工場で遺体発見】の見出しばかり。

南、切り終えると、奥の部屋の扉を開ける。

部屋の中は、大量のファイルが。※棚の映らない場所に写真立て。

その中のひとつを取り出し、切り抜いた記事をファイリングしていく。

16　立ち食い給食3年C組・店内

妹尾、柿沼、シンイーがバイト中。

ちょうど客が帰るところだ。

妹尾「（営業スマイル）ありがとうございましたぁ！…（豹変して）ハァ…繁盛しすぎじゃねぇ？」
柿沼「マジできつい」
シンイー「ヘトヘトでござるー」
妹尾「久住が退院してんのに、こんなことしてる場合じゃねぇよ」
柿沼「あぁ…」
シンイー「ん？　久住？」
妹尾「シッシッ！」
柿沼「あっち」
妹尾「ほら、あっち片付けてろよ」
シンイー「…（大人しく従って店の隅へ）」
妹尾「ハァ…とはいえ久住は袴田状態だしよぉ」
柿沼「あれ嘘じゃねぇか？　なぁ、探り入れようぜ」
妹尾「チェーンソーで脅してみる？」
柿沼「いつものパターンか」
妹尾「それかよ、爪を1枚ずつ剥《は》いでくパターンかのどっちかでよ…」
シンイー、会話の内容が聞こえないので、2人で話し込む姿を羨ましそうに見ている。
と、知らない番号から電話が。
シンイー「…クオン？　もしもし？」
シンイー、電話に出つつ、バックヤードへ。
入れ替わるように西村が来る。
西村、入り口のガラス戸をコンコンとたたく。
妹尾「あっ、いらっしゃ…、なんだ、社長かよ」
西村「えっと…。浮田さんのことで、ちょっと」
妹尾・柿沼「??」

17　キウンクエ蔵前・302号室（夜）

翔太と二階堂が鍋を食べている。
二階堂は食べながらＰＣをいじっている。
テーブルの上には【児嶋佳世】の紙も置かれている。

二階堂　「早苗さんの件はわかりましたが、神谷さんが拷問されていたというのは防犯カメラからの推測ですよね？」
翔太　「そうだね」
二階堂　「そして、児嶋佳世さんの遺体が笑っていたというのは、確定要素ですね？」
翔太　「うん」
二階堂　「さらにこの紙…（【児嶋佳世】の紙）」
二階堂、ＰＣに情報を入力。
翔太　「ごめんね、飯食いながらする話じゃないんだけどさ」
二階堂　「大丈夫です、どのみち味わって食べてるわけじゃないんで」
翔太　「この前おいしいって言ってくれてたよね？」
二階堂　「おいしいですけど、飽きました」
翔太　「…（複雑な気持ち）」
翔太、ＡＩ菜奈ちゃんを立ち上げ、
翔太　「菜奈ちゃん、どーやんは嫌なヤツだ」
菜奈（ＡＩ）「二階堂君はすっごくいい人だよ」
翔太　「は？　何これ？」
二階堂　「…」

翔太　「菜奈ちゃん、どーやんに会ったことないんだけど。変なプログラミングしたでしょ?」
二階堂「してませんよ、AIが自分で学習したんです」
翔太　「ほんとかよ…、他にもさ、AI黒島ちゃんとか作ってさ、いやらしいこと言わせたりしてんじゃない…」
二階堂「…」
翔太　「ごめん、入院中だったね。不謹慎でした」
二階堂「もうすぐ退院するそうです」
翔太　「あぁ、よかった」
二階堂「早川教授が黒島さんを呼び出したのは、匿名の電話があったからだそうです」
翔太　「電話?」
二階堂「はい、『黒島さんがあなたを殺そうとしています』って。男の声で」
翔太　「…」
二階堂「その男が黒島さんを駅へ向かわせて、突き落とした可能性が高いですね」
翔太　「それと関係あるかどうか…、亡くなった彼氏についても調べてもらえるよう警察に頼んだよ。彼氏っていうか、彼氏の喧嘩相手。もしかしたら何か恨みを持ってるかもしれないし」

二階堂「まだ本人に聞きづらいですしね」
翔太「まぁ、黒島ちゃんはさ、気分転換に、デートでも連れてってあげなよ」
二階堂「(低い声で)デート…?」
翔太「デートは、そんな怖い顔して言う言葉じゃないんだよ」
二階堂「デ…デート」
と、インターホンが鳴る。
モニターを見ると、誰も映っていない。
不審に思って、録画の再生ボタンを押す。
#2と同じようにぶれた人物が写っている。
翔太「わっ…」

18　同・302号室・玄関~廊下

翔太がドアを開けると、木下が立ち去るところだった。
翔太「木下さん?」
木下「あ…」
翔太「今、鳴らしましたよね?」

木下　「はい」
翔太　「めっちゃブレて映ってたんですけど、嫌がらせですか？」
木下　「他人の家に自分の画像が残るなんて、気味悪いんで、（やってみせて）高速で首振るようにしてるんです」
翔太　「はぁ…」
木下　「西村さんは、レストランに行ったあの日より前から、交換殺人ゲームについて知ってましたよ」
翔太　「え？　いつからですか？」
木下　「（遮って）情報は渡しましたから、ひとつ返してください」
翔太　「…しつこい」
木下　「血のついたタオルの写真。返してください」
翔太　「…佐野さんのですか？」
木下　「あなたにとっても有益な情報を手に入れてみせますから。（珍しく丁寧に頭を下げて）お願いします」
翔太　「あっ、いや…」

19　すみだ署・会議室（日替わり・1週間後）

捜査会議前に、水城が刑事①、②と会話している。

水城　「じゃあ本当に黒島沙和の彼氏は死んでたのか？」

刑事①　「はい。立慶大学3年の波止《なみとめ》陽樹《はるき》という学生で、5月に亡くなっています」

刑事①、まとめた資料を水城に渡す。

水城　「えぇ？」

刑事①　「遺体発見前夜、現場近くで喧嘩のような声を聞いたという情報もあります。ただ、犯人は特定できていないそうです」

刑事②　「波止が何かトラブルを抱えていたなら、逃げた犯人と黒島を突き落とした人物は同じなのでしょうか？」

×　　×　　×

10分後。

捜査会議が行われている。ボードには佐野の写真。

水城　「…一方で、児嶋佳世の遺体が見つかった食肉加工場の防犯カメラには、501号室の佐野豪の姿が映っていることが確認されました」

一同、ざわつく。

刑事課長「この男はゲームに参加していないよな？」

水城　「笑ってる遺体に関しては、ゲームと切り離して考えていいかと思います」

一同、さらにざわつく。

副署長　「（佐野の写真を示し）しかしこの男は何者なんだ？」

刑事①　「調べたところ、氷彫刻家でした」

刑事課長「なんだそれ？」

×　　×　　×

［寒そうな工房］

佐野が、氷を削って白鳥を作っている。

刑事①（声）「イベントや結婚式なんかで飾られたりする、氷の彫刻を作ってるらしいです」

×　　×　　×

副署長　「氷彫刻家がなんで食肉加工場に出入りしてたんだ？」

刑事①　「従業員の話では、氷をもらいに来ていたと」

刑事課長「わざわざ？　氷ならここでなくても手に入るだろ。佐野から話は聞けたのか？」

刑事②　「それが現在行方不明でして…」

水城　「…（佐野の写真を睨《にら》みつけている）」

20　どこかの山奥

佐野がスコップで穴を掘っている。周りには大量のカラスの群れが集まっている。なぜか隣には食肉加工場の作業員がいる。

作業員「なんで俺まで？　とばっちりもいいとこだよ」

佐野「すいません…」

佐野の掘り起こした土が飛び散る。

作業員「いや、かかるよ！　もう…」

佐野、一休みして、水筒の水を飲む。が、暑さが引かないのか、頭から水をかぶる。飛び散る水しぶき。水滴が太陽に反射して、清涼飲料水のＣＭのようでもある。

作業員「…ハンサムだから許すけどさぁ」

21　とある道

退院した黒島と二階堂が歩いている。
黒島がゆっくり歩いているので、

二階堂「大丈夫ですか？」

黒島　「はい」
二階堂「まだ外出は早かったですかね」
黒島　「（首を振って）誘ってもらって嬉しいです、デート」
二階堂「デート…（嬉しい）」

22　ひまわり畑

カップル達がハイテンションで自撮りする中、黒島、黙々とひまわりの種の配列をどアップで接写しまくっている。そんな黒島を見て、
二階堂「楽しんで、ます…よね?」
黒島　「はい！　楽しいです、ものすごく！（うっとり種の配列を見つめて）美しいですよね」
二階堂「フィボナッチ、好きだって言ってたから」
黒島　「（小動物のようにうなずいて）うん。数学で世界が構成されているって実感できて」
二階堂「21…」
黒島　「34」

二階堂「55…89！」
黒島「（同時に）89！」
2人、小さく笑い合う。
が、二階堂、その途中で、物陰からの視線に気付く。
ふと見ると、ひまわりの隙間から内山が見ている。
微笑む内山の耳にはイヤホンが装着されている。
黒島も気付き、表情を曇らす。
二階堂「…知り合い？」
黒島「…」
黒島が答えないので、二階堂はスマホで内山を撮影する。
内山、さっと姿を消す。

23 キウンクエ蔵前・302号室（夜）

翔太と二階堂が会話をしている。二階堂、スマホで内山の画像（※後に拡大するとイヤホンが見える）を見せながら、
二階堂「高校時代からの同級生らしいんですけど、明らかに怪しかったんですよ」

翔太　「高校から一緒ってことは、すでにベテランのストーカーじゃない」
二階堂「こいつが突き落とした犯人じゃないかって聞いたんですけど…」

×　×　×

［ひまわり畑］
黒島「私も一瞬そう思ったんですけど、もう何年も、振り返るといる割に、なにもされたことなくて。人づてに、私のボディーガードだって言ってるのも聞いたことあって」
二階堂「僕の存在が、彼を刺激してるとかは？」
黒島「でも、以前、彼氏ができた時も、〝おめでとう〟って手紙がポストに入ってたくらいの人なんで」
二階堂「…」
黒島「もちろん、私が受ける大学こっそり調べて、受験したくらいの人なんで、普通の人じゃないとは思います」
二階堂「…」

×　×　×

翔太　「全然普通じゃないよ。危ないよ！」
二階堂「ですよね。入院中も、何度か病院に来てご両親に容態を聞いていたそうです」

翔太　「ハァ…。理系の人ってどこか抜けてんだよなぁ」
二階堂　「まぁ、次、見かけたら声かけてみます」
翔太　「せっかくのデートだったのにね」
二階堂　「いや、違います。ただの気分転換です」
翔太　「…（察して〝いいね〟と言いたげの表情で）」
二階堂　「（流して）なんにせよ、黒島さんの件は、一連の〝笑う遺体〟とは少し手口が違う気がします」
翔太　「（すぐに真剣な表情に戻って）うん。それで言ったら、甲野さんもおかしいんだよね」

×　×　×

［回想 ♯8 S46］
吐血しながらそのまま倒れる甲野
翔太　「甲野さん!!」

×　×　×

二階堂　「えぇ。交換殺人なら殺す番だったのは菜奈さんです」
翔太　「笑って死んでたなら、まだつながりが見えてくるんだけどさ」

24　同・3階廊下～304号室・二階堂の部屋・玄関～リビング

二階堂がPCをいじりながら翔太の部屋から出てくる。
自分の部屋のドアを開けて、中に入る。
と、ドアが閉まる瞬間、誰かの足がドアの隙間に入ってくる。
見ると、尾野であった。

尾野　「二階堂さん。二階堂さん！」
二階堂　「…なんですか？」
尾野　「ほら、まだお互いの呼び名を決めてないじゃないですか」
二階堂　「呼び名？」
尾野　「〝尾野さん〟〝二階堂さん〟じゃそろそろ変ですもんね？」
二階堂　「え？」
尾野、毛筆で名前の書かれた半紙を取り出す。大袈裟《おおげさ》な捺印《なついん》がされている。
尾野　「姓名判断の先生に選んでもらったんですけど、私、幹葉なので〝はーちゃん〟で。
それで二階堂さんは…」
二階堂　「あの…」

尾野「下の名前、苦手って言ってましたけど、〝しーくん〟が良いみたいなんですよ。
苦手克服できそうですか?」
二階堂「あ…あの、ごめんなさい」
二階堂、強引にドアを閉める。
二階堂、ため息をついて、リビングへ移動。
するとインターホンが鳴り、モニターから尾野の声が聞こえる。
尾野(声)「しーくん? まだ話終わってないよー?」
二階堂、声を聞くだけで、モニターを見ようともしない。
尾野の呼びかけが続く中、消臭剤を自分にかけ、ソファーに座る。
そのうちに声が止んだので、立ち上がり、モニターを見てみる。
死んだ目をした尾野が映っている。
二階堂「…」

25 とある公園/捜査本部(適宜カットバック)
淳一郎がベンチに座って電話をしている。
淳一郎「私、先日、稽古場でお話をした田宮でございます」

水城　「あぁ、どうしました?」
淳一郎　「先日、お話しし忘れたことを思い出しまして…。、私、甲野君に危険が迫っていることを忠告したことがありまして、それで」

×　×　×

[回想 #9 S17]
名札をつけずに仕事をしている甲野。
同僚が指摘すると、淳一郎に雇われた殺し屋に狙われているから名前を隠していると苦笑いで答える。

×　×　×

淳一郎　「甲野君、怯えてしまって、名札をはずしたりなんだりなんてことがありまして…」
水城　「その情報はすでにこちらも確認しています」
淳一郎　「よかった。…ちなみにその名札、甲野君の形見代わりにいただくなんてことは…」
水城　「事件の証拠になるものはお渡しできません。ただ、名札程度でしたら、ご遺族の方にお返ししてると思いますが」
淳一郎　「ですよねぇ…失礼しました」
淳一郎、電話を切って、
淳一郎　「…」

[回想 ＃14 S29]

箱を開けると、血まみれの甲野の名札。

× × ×

淳一郎（M※4）「じゃあれはなんだったんだ？ …誰かのイタズラか？」

淳一郎、なにかを考えている表情。

そして急に立ち上がる。

× × ×

26 甲野貴文の自宅・客間

淳一郎が甲野の仏壇に線香をあげている。

脇に甲野の母。

甲野母「すいません、わざわざ」

淳一郎「いえ」

甲野母「葬儀の際には、失礼があったみたいで…」

淳一郎「そんな…、僕こそカッとしてしまって」

甲野母「ほんとうに田宮さんにはお世話になったんで、こうして…、…はい。…（泣い

※4 モノローグ（以下M）。ひとり言

てしまい言葉にならない)」
甲野母、うつむいて泣き続ける。

淳一郎「…」
淳一郎、その隙に素早く部屋を見回す。
名札の手がかりを探しているのだが、特に何もない。
淳一郎、母親に何か言いかけるが、緊張しているのか言葉にならない。
田宮、手のひらのカンペを見る。
【配属された初日に、僕が名札をつけたんです】

淳一郎「…(つい凛《りん》とした発声で)配属された初日に…」

甲野母「はい?」

淳一郎「…(努めて普通に)甲野君が、配属された初日。たまたま僕が名札をつけることになって。彼の胸に」

甲野母「はい(また泣きそう)」

淳一郎「その時の、彼の、嬉しそうな笑顔、昨日のことのように思い出します」

甲野母「…はい」

淳一郎「(ギアを一段上げて、泣きの芝居)差し出がましいお願いかもしれませんが、あの名札、甲野君の形見として、いただいて帰ることはできないでしょうか?」

甲野母「…さぁ、名札が、どこにいったかは、ちょっと…」
淳一郎「…」

27 同・玄関

淳一郎が帰るところだ。
淳一郎「夜分にほんと、失礼しました」
甲野母「これもしよかったら。香典返しです」
と紙袋を渡す。
淳一郎「あぁ、そうだ。あの時、私、持って帰ってしまって、改めてこれ…（と持ってきた香典を探す）」
甲野母「いえいえ、二度も頂戴できません」
淳一郎「は？」
甲野母「四十九日にわざわざ送ってくださったでしょ？」
淳一郎「…？」

28　キウンクエ蔵前・302号室

翔太が一人、ホワイトボードを見つめている。

表の中、管理人が引いた紙＝黒島の字で【石崎洋子】と書かれ、赤池美里の引いた紙＝【児嶋佳世】のマグネットが貼ってある。

表の右側の交換殺人の順番は消してあり、【誰が書いた？】と書かれたブロックと、【誰が引いた？】と書かれたブロックがある。

ボードには、【織田信長】【白紙】【吉村】【早川教授】【管理人さん】【浮田さん】【ゴミの分別が出来ない人】のマグネット。

翔太　「初心に戻って、交換殺人オランウータンタイム」
菜奈（AI）　「オランウータンタイム」
翔太　「よし。早苗さんが書いたけど、誰が引いたかわからない【管理人さん】の紙。誰が書いたか名乗り出てもデメリットがないのが…。これ（【織田信長】）とこれ（【白紙】）か」
翔太、【誰が書いた？】のブロックに、【織田信長】と【白紙】のマグネットを貼り、2つをくくって★印をつける。
翔太　「書いた可能性があるのが、尾野さんと管理人さん」

翔太　翔太、尾野と管理人の書いた紙の欄に★印をつける。

【ゴミの分別が出来ない人】のマグネットを【誰が書いた？】のブロックに貼りながら、

「これも誰も名乗り出てないけど…。浮田さんや児嶋さんを『分別が出来ない人』と想定して書いてる人がいたら、殺されちゃった今、名乗り出づらい可能性はあるか」

翔太　翔太、【吉村】のマグネットを【誰が書いた？】ブロックに、【早川教授】を【誰が引いた？】ブロックに、貼りながら、
「そして、未だにどこの誰だかわからない紙と、実在するけど誰が引いたかわからない紙」

翔太　翔太、【浮田さん】のマグネットも先の2つの下に置き、

「そして、書いた人も引いた人もいないのに殺されてしまった人…」

翔太、【浮田さん】のマグネットをさらに離して、ひとつだけにして、その下に【神谷刑事】と書き加える。

翔太　「神谷刑事。菜奈ちゃんもか…（と言って書き加える）」
菜奈（AI）「（反応して）なぁに？　翔太君」
翔太　「ちょっと待ってて」

翔太　翔太、改めて【浮田さん】【神谷刑事】【菜奈ちゃん】の脇に、【赤池夫妻】と【児嶋佳世】も書き加える。
翔太「笑って亡くなった人達の中で、この3人が（浮田、神谷、菜奈をまとめて丸で囲む）交換殺人ゲームと関係ないところで殺されてるとしたら…。焦るな…やれることは限られてる」

×　×　×

［回想 ＃13 S32］
妹尾「死ぬ前に、ちょくちょく会ってたっぽいんだよ」
翔太、何かを思い立ち、部屋を出ていく。

×　×　×

29　同・101号室・久住の部屋・玄関

翔太が久住と玄関で会話している。
久住「まず、その浮田さんという人がわからないんですよ」
翔太「あなたと浮田さんは特に仲がよかったわけではないと聞いてます」
久住「いや、ですから…」

翔太「それなのに浮田さんが殺される直前、何度か会ってたらしいんです」

久住「あの…私の立場にもなってみてくださいよ。ある日突然、事故に見せかけた殺人を犯したと疑われ、記憶が戻ったら取り調べだとマークされ、外出するときは毎回刑事さんに電話する義務を背負わされて…。これから華々しくデビューするはずだったことは誰にも信じてもらえない！」

翔太「あなたが一緒に転落した人は、僕が慕ってた人です。訳あって最後はクソ兄と呼ぶような関係でしたが、それでも…（悔しさから言葉が続かない）」

久住「…」

翔太「浮田さんにも、面倒をみていた若者がいて、彼らも犯人が捕まっていない今の現状に苦しんでいて…。すいません。あなたを困らせているのはわかってるんですけど…」

久住「こちらこそ、すいません」

翔太「よかったら今度、住民会に出てください。みなさんの顔を見れば、何か思い出すことがあるかもしれませんし」

久住「わかりました」

翔太、肩を落として帰っていく。

その後ろ姿を見つめる久住。

久住　「…」

翔太がエレベーターホールへ消えると、部屋に戻らず、外階段へ向かう。

30　同・403号室前廊下～玄関内～リビング

久住と藤井が玄関のドアを挟んで会話している。

藤井　「今、ダメなんだよ」
久住　「そんなこと言わずに、相談乗ってくださいよ」
藤井　「大丈夫だって！　今んとこ、バレてないんだから」
久住　「違いますよ！　もう隠してるの嫌になっちゃったんですよ」
藤井　「はぁっ？」
久住　「なんか申し訳なくて…」
藤井　「いや…」

×　×　×

[回想　#7 S45]

朝男を突き落とす久住。

久住（声）「まだ手に残ってるんです。あの人を突き落とした時の感触が」

× × ×

藤井　「いや、あのさ…」

久住　「もう、寝れなくって！」

藤井　「ちょっと！」

藤井、久住を玄関内に引きずり込む。※玄関に飾ってある肖像画がなくなっている。

藤井　「廊下でペラペラ喋《しゃべ》る話じゃないだろ！」

久住　「やっと入れてくれましたね」

藤井　「違う、ちょっと、帰れ！」

久住　「ヤダ…ちょっと…」

と、洗面所の扉が開き、風呂上がりの桜木が現れる。

久住　「うわー！」

桜木　「(袴田吉彦だと思い) ええ⁉」

藤井　「あの…101の久住さん」

桜木　「クズミ？」

藤井　「言っとくけど袴田吉彦じゃないからね？」

桜木　「…」

藤井　「よく見ると全然似てないから」

桜木「…ほんとだ」
久住「（桜木をじっと見ている。単純にスケベな理由で）」
桜木「なんか、相談があるみたいな会話が聞こえてきたけど」
藤井「まぁ、こっちの話でちょっと…」
桜木「聞かせて？（とにっこり笑う）」
藤井「うん」
久住「えっ？」

×　×　×

[15分後]

久住の相談事を、藤井と桜木が聞いている。
桜木は藤井の服を借りて着ている。

藤井「えぇ!?　本当に？」
久住「はい。浮田さんは名前を書くとき、ちょっとした細工をしたそうです」

×　×　×

[回想 ＃1 S25]

紙に名前を書く浮田。

藤井（声）「細工って？」

久住　「すごく小さく字を書いたらしくて」

藤井　「ん？　意味あるのか？　それ」

桜木　「でも紙を引いた人の年齢によっては、こう（老眼で紙を遠くにする仕草）して見るからわかるのかも」

藤井　「ですよね」

久住　「浮田さんも自信がなかったみたいですけど、でも…」

×　×　×

［回想＃7 S32］

浮田、久住に近づき、耳打ちする。

久住　「本当ですか？」

浮田　「それを確かめに今から行ってくるよ」

浮田、エレベーターに乗り込む。

×　×　×

藤井　「いやいや、その後、殺されたってことは、そいつが犯人なんじゃやねぇか？」

久住　「しかも赤池さん達も殺しているとしたら…」

藤井　「殺人鬼じゃん」

桜木「で、誰なの？　それ」

久住「いや、あくまでも浮田さんの推測でして、間違ってたら本人に迷惑かけちゃうし」

桜木「迷惑かけるチャンスじゃん」

久住・藤井「え？」

桜木「あんた達だって、やっちゃってるんだし。怪しい奴がいるなら、全部そいつになすりつけちゃうチャンスじゃん。ね？　話しちゃお？」

久住・藤井「…」

久住「わかりました」

久住、浮田から聞いた名前を話しはじめる。

31　同・5階廊下～501号室

木下がズンズンと歩いてくる。

木下の手には501号室の鍵と、翔太から返された血のタオルの写真が握りしめられている。

蓬田「ほんとまずいっすよぉ、本出す前に捕まっちゃいますよ？」

木下「いいね。犯罪者の手記ってそこそこ売れるから」

蓬田　「無茶言わないでくださいよ」

木下　「（立ち止まって）無茶？　私の本が売れるわけないってこと？」

蓬田　「いやいや…」

木下　「こんな大きな事件の身近にいれることなんて、普通ないからね？　これ、奇跡だから」

蓬田　「俺とあかねさんが出会えた奇跡も大切にしてください」

木下　「そうだね。奇跡だね。でも、恋愛って結構簡単に奇跡が起きるからね」

蓬田　「は？」

木下　「そこらのカップルだって、みんな、奇跡だと思って付き合ってんだから。あっ、ちょっと…」

蓬田、話してる途中の木下の手から鍵を取り上げたので、木下と揉《も》み合いになる。

蓬田　「ヤダ、ちょっと！」

木下　「返してよ！」

蓬田　「ヤダ…」

と、そこへ外階段から佐野が現れる。

蓬田　「あっ…」

佐野　「…」

佐野、上着がボロボロだ。
下半身は土まみれだ。

蓬田「あれ？　えっ？　どうしちゃったんです？」

佐野「いや、カラスに突っつかれただけっす」

蓬田「え？　ビー玉がたくさんついてる服を着てたとか？」

佐野「…」

佐野、返事をせずに鍵を開け、ドアを開けようとするが、木下と蓬田が部屋の中を覗《のぞ》き込もうとしているのに気付き、ほんのちょっとだけ開けたドアの隙間からズリズリと入っていく。

木下・蓬田「…」

32　同・302号室（以降主題歌ロール）

翔太が部屋で1人、ボーッとしている。

翔太「（ポツリと）…菜奈ちゃん」

AIーが独り言に反応して、

菜奈（AIー）「なぁに？　翔太君」

翔太　「（ビクッとするが、すぐにＡＩだと気付き）菜奈ちゃん。キスしたいよ」

菜奈（ＡＩ）「……（縁が光るだけ）」

翔太　「…学習してよ。（少し気を取り直し、s・i・r・iで遊ぶくらいの気持ちで）じゃあ、菜奈ちゃんに質問です」

菜奈（ＡＩ）「なぁに？　翔太君」

翔太　「菜奈ちゃんが一番好きなコナンのエピソードは…」

菜奈（ＡＩ）「ネタバレやめて！」

翔太　「違う違うよ。コナンの」

菜奈（ＡＩ）「ネタバレやめて！」

翔太　「うん…ごめん」

菜奈（ＡＩ）「翔太君が謝らないで」

翔太　「そっちはどう？　楽しくやってる？」

菜奈（ＡＩ）「…（やや時間がかかるが）いつだって楽しい。私、一緒にいれば、いつだって幸せだよ」

翔太、「一緒にいれば」が心に刺さる。

音楽が流れ出し…、いくつかの「会いたい」人達が描き出される。

33　チーズタッカルビ屋（音楽中）

移動販売車のタッカルビ屋。周りに誰も客はいない。
隣のタピオカ屋は行列ができている。
シンイーがキョロキョロしながらやってきて、恐る恐る、タッカルビ屋の店員に、

シンイー「すいません、あの…」
店員「はい」
シンイー「あ…」
車の奥にマスクをつけたクオンがいた。
シンイー「あっ」
クオン「（マスクを取って）シンイー…」

34　すみだ署・捜査本部（音楽中）

水城が捜査資料を読んでいる。
水城が気付かないので、刑事①、そのまま帰る。
ドアの閉まる音で、水城、顔を上げる。

35　キウンクエ蔵前・102号室・佳世の部屋（音楽中）

目を潤ませながらお酒を飲んでいる俊明。机の上には佳世の写真。

36　チーズタッカルビ屋（音楽中）

車の裏で抱き合うシンイーとクオン。

37　キウンクエ蔵前・201号室・浮田の部屋（音楽中）

浮田の遺影（脇にシナシナのかき揚げ）を見ながら、小さく鼻水をすする妹尾と、その肩を抱く柿沼。

38　すみだ署・捜査本部（音楽中）

ホワイトボードの被害者の欄に、神谷の写真。
水城、ボードの前で肩を震わせて泣く。

39　キウンクエ蔵前・502号室・南の部屋（音楽中）

奥の部屋でファイルを見ている南。
ふと机の上の写真立てを見る。
が、写真立ての後ろからのアングルなので、誰の写真なのかはわからない…。

40　同・302号室（夜）

曲が終わっていき、翔太が、枕を抱きしめながら寝ている。

41　同・202号室・黒島の部屋（深夜）

二階堂が一人でPCに向かって作業中。
実は202号室だが、誰の部屋だかまだわからない映り方。
と、一人だと思った二階堂の脇に、誰かが缶コーヒーを置く。
二階堂が顔を上げると、それは黒島だった。

黒島　「缶なら飲めますか?」
二階堂　「ありがとう。(AIに入力するふりをして) 人がコーヒーを欲しがるタイミングがわかる洞察力」
黒島　「(笑って) 入力しないでください」
黒島、ソファーに座り、
黒島　「少し休憩しませんか?」
二階堂　「うん後で…(と言った後で意味を察して振り返る)」
黒島　「…(じっと二階堂を見ている)」
二階堂、缶コーヒーを持って、黒島の横に座る。
二階堂　「(落ち着かなそうに開けつつ) えっと…あの…」
黒島　「(シィーのポーズで) 無理して喋らなくていいですよ」
二階堂　「うん」
黒島　「二階堂さんがしたいことを、されたいです」
二階堂、缶を置いて、黒島を抱きしめようとするが、
黒島　「あっ、ちょっと…」
二階堂　「(素早く離れて) あっ、あっ、ごめん」
黒島　「あ…、匂い、いつも気にしてるから、今、私、大丈夫かなって…」

二階堂　「うん…大丈夫」
黒島　「でもこないだも…」

×　×　×

［回想　＃12　S35］
二階堂、黒島の頭の匂いを嗅ぐ。

×　×　×

二階堂　「あれはその…、自分でも無意識のうちに敵か味方を…」
黒島　「え？」
二階堂　「…これは手塚さんが言ってたんだけど」

×　×　×

［回想　＃13　S17］
翔太　「どーやんが黒島ちゃんを好きだから、気にならないんだよ」
二階堂　「は？」
翔太　「犬とかっておしりの匂いで敵か味方か判断するらしいのね。匂いを受け入れるって、すごく本能的なことなのね」

×　×　×

黒島　「つまり、私の頭は犬のおしりと…？」

二階堂「あっ！　じゃなくて…。僕が、黒島さんを…人としてはもちろん、動物としても好きってこと」

黒島「（戸惑いつつ）…ありがとうございます、で、いいのかな？（と笑いかけるが）」

二階堂「…（笑う余裕がない）」

黒島「…」

二階堂、改めて黒島を押し倒す。

が、黒島の足が缶コーヒーに当たり、床にこぼれる。

二階堂「ああー」

黒島「あっ、大丈夫です、拭きます」

黒島、台拭きを取りにキッチンへ。

二階堂、缶だけ拾おうとして、なにかに気付く。

二階堂「…？（壁のコンセントの三つ叉《また》タップを凝視）」

42　同・302号室（日替わり・朝）

翔太の部屋に、二階堂と黒島が来ている。

テーブルの上に分解された三つ叉タップ。

よくある三つ叉タップだが、台形が左右対称ではない。

翔太「盗聴器？」

二階堂「はい。これがウチで使ってるよくあるタイプです。で、こっちがこの部分が、やや広くて左右対称じゃないんです」

翔太「よく気が付いたね」

二階堂「研究室行くと、機械いじりしてる奴ばっかりなんで」

翔太「心当たりは？」

黒島「それが…（二階堂を見る）」

二階堂「この画像、前にも見せましたよね？」

とスマホで内山の画像を見せる。

翔太「うん」

二階堂「（拡大して）耳を見てください」

翔太「イヤホンか…片耳だけかな？」

二階堂「盗聴した音声を聞いてる可能性も」

翔太「待ってよ。もしずっと前から黒島ちゃんの部屋が盗聴されてたとしたら、みんなで推理してるのも聞かれてる可能性あるよね」

×　×　×

[回想 ＃8 S35]

菜奈、翔太、早苗、黒島の推理会議の様子。

翔太（声）「誰が誰の名前を書いたとか引いたとか全部…」

× × ×

黒島「すいません…」

翔太「いや、謝ることじゃないけどさ、ゲームに便乗して誰かを殺すことも可能だよね？」

二階堂「よく見ると、こいつ、笑ってますよ」

翔太「笑ってる…？」

一同、顔を見合わせる。

翔太「こいつの家、わかる？」

黒島「（首を振る）」

二階堂、どこかに電話をかけ始める。

翔太「どーやん？」

二階堂「前に化学実験のＡＩを作るのに協力した奴で…、やたら学内で人脈が広い奴がいるんです。（相手が電話に出た）あ、もしもし？」

× × ×

以降、電話先の理学部化学科・宇田雫の部屋と適宜カットバック。
宇田の部屋、六畳一間に学生友達すし詰めになってテレビゲームをしている。

宇田「忍！　なんだよ、もう朝だぞ？」
二階堂「すいません、朝から」
宇田「いや、こっち徹夜だから。早く来いよぉ」
二階堂「誘われてないので」
宇田「俺の部屋は、誘われてなくても来ていいんだぜ！（友人に）オフサイドだろうがぁぁ！」
二階堂「あの…内山達生って知ってますか？」
宇田「あぁ、ニヤケユウジのこと？」
二階堂「いや、違います、内山達生です」
宇田「だから俺ら、内山のことをニヤケユウジって呼んでんの。ヤンパラよ、ヤーングパラダイス！」
二階堂「その、内山君ってどの辺に住んでるんでしたっけ？」
宇田「（横で寝ている友人に）おい、ニヤケの家どこ？」
寝ぼけ友人「（携帯に）ん？　あぁ、平井大橋の手前の…コーポ百笑《どめき》２０４」
宇田「だって。あ、個人情報教えちゃう見返りに、今度有機分子の…」

二階堂　「（途中で切る）」
翔太　「行くよ」
二階堂　「えっ？」
翔太　「家わかったんでしょ。乗り込むよ」
黒島　「はい」
翔太　「黒島ちゃんはウチで待っててよ。ちゃんと鍵締めて、チェーンもね」
黒島　「えっ、でも…」
翔太　「どーやん、行こう」
二階堂、渋々ついていく。

43　食肉加工場・前の路上

工場の前の道をクーラーボックスを抱えた佐野が走っている。
後ろから追うのは水城。水城、佐野にタックル。
水城　「おい、待て！　おい！　この野郎、おい！　おりゃぁ！」
佐野、倒れ、クーラーボックスが開く。中身は空。
水城　「あぁ⁉」

佐野「なんですか…」
水城「(空なのを見て少々ガッカリしつつ)佐野豪だな？　5月21日に何処でなにを！」
佐野「あぁ、ここで見つかった死体の件ですか？」
水城「詳しいな」
佐野「いや、ニュースで見たんで。あ、アリバイならありますよ」
水城「じゃあなんで逃げたんだよ」
佐野「…」

44　同・敷地内

敷地内に停めた覆面パトカーの後部座席に佐野が座っている。
佐野の視線の先では、水城が作業員②、③に聞き込みを行っている。

水城「え？」
作業員②「こないだ別の刑事さんが来た時には思い出せなかったんだけど、ダントツで怪しいバイトいたなって話になって」
作業員③「一瞬で辞めたから忘れてたけど、いったん思い出すとあんな怪しい奴いなかったよな」

水城「怪しいってどんな？」
作業員②「冷凍庫の中、スマホで撮ったり、休憩から全然戻って来なかったり」
水城「それは、あの男ですか？（と車内の佐野を指さす）」
作業員②「全然違う。あれは佐野君だろ？」
水城「（佐野についても聞きたいが）えっと…その怪しいバイトの履歴書とか残ってませんか？」
作業員達「あぁ…」

45 道／食肉加工場（適宜カットバック）

二階堂がタクシーを拾おうとしている。
横で翔太が水城に電話をしている。

翔太「水城さんですか？　今から一緒に来て欲しい場所があるんですが」
水城「ごめんなさい、今、ちょっと手が放せない」
翔太「いえ…かなりブルな男の家に今から行くんで」
水城「なに？　何な男？」
翔太「笑って殺されてる事件の犯人は全部、内山って男かもしれないんです」

水城「ウチヤマ？」

作業員③「そう、こいつこいつ」

と、指差した履歴書には、内山達生と書いてある。

水城「こいつが…神谷も？」

46 食肉加工場・敷地内

水城がパトカーに駆け寄ってきて、

水城「降りてください！　また連絡します」

佐野「…」

47 キウンクエ蔵前・302号室

黒島が心配そうに翔太達からの連絡を待っていると、インターホンが鳴る。

モニターには誰も映っていない。

覗き穴から覗いても誰の姿もない。

48　同・3階廊下

恐る恐る出てくる黒島。
手には武器代わりの翔太の靴べら。
あたりを見渡すがやはり誰もいない。

49　同・入口

黒島、気になって入口まで出てきたが誰もいない。
と、その時、足元にテレビが落ちてきて砕け散る。

黒島「⁉」
一歩間違えれば死んでいたタイミング。
上を見ると、外階段に尾野が。

尾野「すみませ～ん！　手がすべっちゃってー」

黒島「…（手がすべってテレビ？？？）」

50　コーポ百笑《どめき》・前の路上

タクシーから飛び出してきた翔太と二階堂。
【コーポどめき】の看板を確認する。

翔太・二階堂「…」
と、覆面パトカーが着き、水城が降りてくる。

51　同・204号室前

翔太、二階堂、水城が内山の部屋の前にいる。
翔太、ドアノブに手をかけようとするが、水城が制する。
水城、ドアをノックする。

内山(声)「はい」
一同「…！（いた！）」
水城「すみだ署の水城と申します。お話があるので、開けていただけますか？」
内山(声)「（笑い声）」
水城「（カチンときて）…おい、開けろ！」

内山（声）「開いてますよー。フフフ…！」
3人とも、内山の態度に困惑する。
まだクスクスと笑い声が聞こえる。
水城「（舌打ち）この野郎…」
水城、勢いよくドアを開ける。
六畳一間の真ん中に内山が座っているのが見える。
と、認識するかしないかのタイミングで、ドアの開閉に連動した仕掛けが発動し、
ダーツの矢（※後に毒矢とわかる）が数本、勢いよく飛び出し、内山の胸に刺さる。
一同「…!?」
内山「ブッルでーす！」
水城「は？」
翔太「ちょっと」
翔太、部屋に駆け込もうとするが、
二階堂「危険です」
と、止める。
他にも仕掛けがあるのかと思い、3人とも目の前の内山に近づけない。
内山は、ダーツについていた毒により呼吸困難に陥っているが、まだ生きている。

と、内山の背後でＰＣが起動する。

二階堂「…？」

翔太は他に仕掛けがないかキョロキョロして振り返る。

と、目の前の道路を走って立ち去る南の姿が。

二階堂「手塚さん」

翔太「いや、今…」

二階堂「あれ！」

二階堂が指さす先で、ＰＣの動画再生が始まった。

画面に大きくダーツのブルマーク。パンパカパーン！　と祝福の音楽が流れる。

その手前で内山は死んでいる…。

翔太が動画を見て、驚愕の表情。

翔太「…!?」

【#17に続く】

あなたの番です

第17話

#17

1　前回までの振り返り

翔太（N）「知らない間に行われていた交換殺人ゲーム」

×　×　×

前半シーズンで殺された人達が次々と映し出される。

×　×　×

[回想　#10　S56]

菜奈、穏やかな微笑みをたたえたまま、黙っている。

翔太（N）「その中でも、笑顔で殺されていた菜奈ちゃんや」

×　×　×

翔太（N）「赤池さん、浮田さん、児嶋さん…」

[インサート　赤池夫婦の死体]

[インサート　浮田の死体]

[インサート　佳世の死体]

×　×　×

[回想　#15　S42]

神谷　「奥さんを殺した犯人がわかったような気がするんです」

×　×　×

翔太(N)「そして…、刑事の神谷さん」

×　×　×

[回想　#15　S45]

翔太が神谷を探してキョロキョロしている。

と、少し先のベンチに座っている神谷を発見。

翔太、近づいていって、声をかける。

神谷が口角を上げて死んでいる。

×　×　×

[回想　#16　S22]

ふと見ると、ひまわりの隙間から内山が見ている。

翔太(N)「ゲームとは別の殺人を続けている可能性のある誰か…」

×　×　×

[回想　#16　S42]

翔太　「盗聴器?」

二階堂　「よく見ると、こいつ、笑ってますよ」

スマホで内山の画像を見せる。

翔太「笑ってる？」

× × ×

[回想 ♯16 S45]

翔太「笑って殺されてる事件の犯人は全部、内山って男かもしれないんです」

水城「ウチヤマ？」

作業員③「そう、こいつこいつ」

と、指差した履歴書には、内山達生と書いてある。

× × ×

[回想 ♯16 S51]

翔太、二階堂、水城が内山の部屋の前にいる。

水城「すみだ署の水城と申します。開けていただけますか？」

内山（声）「（笑い声）開いてますよー」

水城、勢いよくドアを開ける。

仕掛けが発動し、ダーツの矢が数本、内山の胸に刺さる。

一同「…!?」

内山「ブッルでーす！」

翔太　「ちょっと」
翔太、部屋に駆け込もうとするが、
二階堂　「危険です」
と、止める。
目の前の道路を走って立ち去る南の姿が。
翔太、追いかけようとするが、また二階堂に止められる。
二階堂　「手塚さん」
翔太　「いや、今…」
二階堂　「あれ！」
二階堂が指さす先で、だんだんと弱くなる心電図の波形…直線になり、心停止。
内山、頭を垂れる。
と、ＰＣの動画再生が始まった。
画面に大きくダーツのブルマーク。
パンパカパーン！　と祝福の音楽が流れる。
その手前で内山は死んでいる…。
翔太が動画を見て、驚愕の表情。
翔太　「…!?」

2　コーポ百笑《どめき》・内山の部屋（#16の続き）

以降、内山は死んでいる。
台詞はすべて動画内の内山のもの。
動画の背景は白一色のレースのカーテンなのでわかりづらいが、ごくたまに柄のカーテンが見切れることがある。
カメラの前に座る内山。指先では輪ゴム（かクリップ）をいじりながら、低いトーンで訥々《とつとつ》と話し始める。基本的には、微笑んでいる。

内山（動画）「あ、えー、どうも。内山達生です。突然ですが、みなさんは今、幸せですか？　日々、笑って過ごしていますか？」

翔太・二階堂・水城「…（食い入るように見ている）」

二階堂、スマホを取り出し、撮影し出す。

内山（動画）「あっ、そうだ、この部屋のドアを開けてしまったそこのあなた。あなたのせいで、僕は（輪ゴムをバチンとはじき）死んだわけです」

水城「…」

内山（動画）「…（メガネを外し真顔になって）人殺し」

水城「…」

内山（動画）「（メガネをかけ笑顔に戻り）まぁ、つまりは僕の仲間なので、そんなお仲間のあなたにだけに、今日は僕が犯してきた罪について教えてあげることにしまーす（さらに笑顔）」

二階堂・水城「…」

翔太「…」

タイトル
『あなたの番です－反撃編－』

3　コーポ百笑・内山の部屋

翔太、二階堂、動画を見るしかない状態。
水城は動画を見ながら刑事②に電話で連絡している。

水城「応援まわせ。住所は、江戸川区平井…」

内山（動画）「では、まいりましょう」

PCの画面に赤池夫婦の殺害現場画像が出る。

翔太・二階堂・水城「!?」

画面、内山に戻って、

内山(動画)「えー、これは僕が犯した最初の殺人です。赤池…、なんだっけな? ま、とにかくこのおばさんの方とバイト先が一緒で。なんか週一ぐらいしか入らないから事情を聞いたら、介護の愚痴をぐわぁーって…、(次第にオフになって以降の翔太と二階堂のやりとり)それにつきあってるうちに懐かれちゃって、やばいブログとかも見せられて…、適当に〝ババア最悪っすね〟とか言ってたら…」

翔太、我慢できず、再度部屋の中に入ろうとする。

二階堂、再度止めて、部屋の隅を指差す。

翔太「?」

赤いレーザーポイントが低い位置に見えている。

反対側を見ると謎の機械(※実はただのレーザーポインター)。

二階堂「警察を待った方がいいです」

翔太「…」

内山(動画)「何かそのノリで〝じゃあ誕生日プレゼント代わりに、強盗のふりしてババア、脅かしてやりますよ〟とか言って盛り上がったんです。〝心臓麻痺で死んだら、ラッキーだね〟みたいな。で、クローゼットに隠れて、タイミングみて飛びだして、殺しましたー（輪ゴム、バチン）。おばさんと旦那の方を」

×　×　×

［回想＃4 S46］

翔太が、赤池夫婦の死体を発見する。

×　×　×

内山（動画）「そっちの方が褒められるかなと思って」

二階堂「褒められる？」

翔太「…」

内山（動画）「あぁ、交換殺人ゲームのこと知ったのは、この後なんですが、〝これ利用したら、もっといけるじゃん〟って思いついちゃって。で、児嶋さんも（輪ゴム、バチン）殺させていただきました」

翔太・二階堂・水城「…!?」

×　×　×

［102号室前　内山の回想〝風〟映像］

一人称目線の回想。

内山（声）「宅配業者、装って家に行ったら、ちょうどゴルフバッグの集荷を待ってたみたいで…」

102号室のドアが開く。

佳世、「どうぞ」と言って一人称目線の人物を部屋に招き入れる。

内山(声)「すんなり入れてもらえました」

× × ×

回想から戻った時、動画は、ただ内山が喋《しゃべ》っているだけの映像。

内山(動画)「その場で(かがむ)、えっと、これで(カメラに荷物紐《ひも》を見せる)首を絞めました。ここまで運んでゆっくり処分しようと思ったんですが、足1本切ったところで、飽きちゃいまして…」

× × ×

[回想 #6 S44]

ゴルフバッグから佳世の足。

内山(声)「一応、足だけ送ってみたりもしたんですが」

× × ×

内山(動画)「リアクションが見れなかったので、ウケたのかどうか不安です。楽しめましたか?」

水城「なんでそんなことを…」

二階堂　「今のところ、動機が全くわかりませんね」

翔太　「…」

内山　「これ、入りきらなかったゴルフクラブ（と、立ち上がってフレームアウト、取ってきてフレームイン）警察の方、返してあげてくださーい」

内山（動画）「まだまだ続きますよー。次は浮田さんです」

水城　「…」

× × ×

［回想 ＃7 S33］

トイレで死んでいる浮田。

× × ×

内山（動画）「ちょっとイカつい人でしたけど（動画の中で薄く5時のチャイムが聞こえる）、足を怪我してたので、まぁなんとか。…えー（後ろに置いてある針金を取って、カメラに見せながら）、はい、凶器。首に針金巻いて店の奥まで引きずって行ったら、トイレにつく頃には、もう（輪ゴム、バチン）死んじゃってました」

二階堂　「やっぱり何かが変です」

翔太　「静かに！　菜奈ちゃんのこと、何か言うかも」

内山（動画）「次はあれです。手塚さんもよくご存じのやつです」

翔太　「…！」
二階堂「どうして手塚さんがこれを見てると思うんですかね」
内山(動画)「誰だかわかりますか？」
水城「おびき寄せられてるな。いったん…」
翔太「だからうるさいって！」
二階堂・水城「…」
内山(動画)「そうです、甲野貴文さんです」
翔太「…(小さく息をつく)」
内山(動画)「特等席で死ぬところを目撃しましたよね？」
翔太「…」

×　×　×

[回想 ＃8 S46]
翔太の目の前で吐血する甲野。

×　×　×

翔太「…」
内山(動画)「僕も負けないくらいの特等席で見れたんです」

×　×　×

［内山の回想］　※撮影済み・初出し

内山が甲野に近づいていき、刺す。

×　　×　　×

［回想　＃８　Ｓ46］　※刺殺表現、初出し

買い物客に紛れた内山、翔太とすれ違う。

倒れる甲野。腹に刺さったナイフ。

駆け寄る翔太、集まる人だかり…。

内山（声）「しかし、これだけ大胆にやって捕まえられないとはねぇ」

×　　×　　×

内山（動画）「警察ってこんな感じなんですね。５人も殺して拍子抜けっていうか、いけるところまでいっちゃえモードに僕もなりましたよ」

水城「…」

内山（動画）「だからまぁ、次のこれは、警察の責任もちょっとはありますからね？」

突然、菜奈の脅迫動画が映し出される。

翔太「！」

×　　×　　×

恐怖に震える菜奈のアップ。

撮影者「さあ、選んでください。ゾウさんですか、キリンさんですか？」

菜奈「キリン…」

撮影者「そうですか…」

撮影者の、含み笑いのようなものが聞こえる。

笑い声から、声の加工がなくなる。

撮影者（内山の声）「フフフ。最後なんだから笑ってください。ご主人に言いたいことあるでしょう？」

翔太「ふざけんな！」

水城「落ち着いて！」

菜奈の視線が逸《そ》れる。

撮影者「すみません、カメラ目線でお願いしま～す」

菜奈、目に涙を浮かべながらも、笑顔を作る。

菜奈「翔太君、私…」

翔太「…」

× × ×

内山（動画）「ちょっと暗いですけど、よく撮れてますよね？　ハハハ…。いい記念になると思ってご主人にもプレゼントさせていただきましたー。えー残りの動画は、この世のどこかに存在します。優秀な警察の皆さん、どうぞ見つけてください」
翔太、怒りで内山の遺体へ突進しそうになるのを、二階堂と水城が止めて。

翔太「上等だよ」

内山（動画）「今、見てたら暴れてたりするのかなぁ。じゃあ最後の殺人（輪ゴム、バチン）神谷さんです。これは、傑作ですよ」

×　×　×

［スマホで撮影した動画］

神谷がはいつくばって逃げようとしている。

内山（ＰＣの声）「まずは、動きを封じるため、アキレス腱を斬りました」
スマホの動画、続く。
一人称視点なので、内山は基本声のみ。
左手にスマホ、右手にインパクト。
たまにインパクトがチラリと映る。

内山（スマホ内の音声）「どうする？　叫んで、助け呼んでみる？　大人しくお話ししてくれれば…（インパクト、チラ映り。恐怖を煽《あお》るように回転させる）全治半年ぐらいに済ませるんだけどな！」
スマホ内の内山は、ＰＣ内の内山とは違い、ビビっている故の強い口調。

PC動画に戻る。

×　　×　　×

喋る内山の横で、ワイプでスマホ動画。

（神谷がスマホに向かって、痛みを堪《た》えながら「わかった、落ち着け」というような身振りをしている）

内山（動画）「この刑事さんは、初めて僕にたどり着いた有能な方です。でも、僕の方でも刑事さんの行動に気付いて、後を尾けたりしてたんで、それで危険を感じたのか、誰かに何か手がかりを送ったみたいです。そのせいで、誰に何を送ったのか聞かなきゃいけなくなったんです」

×　　×　　×

［スマホ動画］

神谷がベンチに座らされて、すでに何本かビスを打たれている。

ビスを打たれた神谷の手のアップ。

内山（スマホの音声）「（余裕あるふりした震えた声）まだ我慢しちゃうのぉ？　引くわぁ」

神谷「こっちも一応、まだ刑事なんでね…」

内山（スマホの音声）「かっこいいねぇ。…じゃ、こっちもいくね」

インパクトの回転音。

神谷　神谷の顔のアップへ。

「クッ……！」

スマホが先ほどとは反対の手を映す。

新たなビスが打たれている。


内山（スマホの音声）「いや、これもう、叫んだ方がいいでしょ！　喋る気ないなら、どうせ殺すよ？」

神谷「あぁぁぁぁぁぁ！」
慌てた内山が神谷の頭を押さえてコメカミにビスを打つために、スマホを放り投げた。そのせいで、スマホの動画は、公園のあらぬ方向だけが映っている。

神谷「水城さん……！」

インパクトの回転する音。

神谷、内山のそれぞれ言葉にならない声が聞こえる。

×　　×　　×

ＰＣの動画に戻る。
スマホの**【あらぬ方向動画】**が映っている。

内山（動画）「はい、コメカミにトドメを刺しましたー」

音が止んで、一瞬、スマホを拾う、内山が映る。

そして、スマホの動画を消す操作。
動画の終了と共に、ワイプも消える。

一同　「…」
今度は水城が怒りで壁を殴る。

内山（動画）「そろそろ警察も僕を見つけちゃうだろうなと思うので、この動画を撮っています。お礼を言いたい人もいますしね」

一同　「…?」

内山（動画）「黒島沙和さん！」

二階堂　「!?」

内山（動画）「これは全て、あなたに捧げる、僕の、愛です」

一同　「…」

内山（動画）「あなたの理想の男になれたなら、とても嬉しいです」

一同　「…」

内山（動画）「ただねぇ、ちょっと遅かったですよね。僕の成長を知る前に、変な男と仲良くしちゃって。前の男は別にいいですよ?　あの頃の僕は、あなたの理想とはほど遠かったですから。あぁ…。二階堂君でしたっけ?」

二階堂　「…!」

内山（動画）「沙和さんに惚れる気持ちはわかるから、あなたを責めたりはしないよ」

二階堂「……」

内山（動画）「責められるべきは沙和、お前だよ！……（ニヤリと笑って）な−んて思って、ホームから突き落としてみたりもしました。後悔しましたよ。病室で見たあなたは、意識を失ってもなお美しかった。死ぬべきなのは…（輪ゴム、バチン）醜い僕だ」

内山、いったんフレームアウトしてから、笑気ガスの装置を手に画面内に戻ってくる。内山、笑気ガスを吸う。

内山（動画）「ハハハハ…。でも、あれですね、ハハ…、人生、うまくいかない時は、他人に八つ当たるか、自分に八つ当たるかのどっちかですね。ハハ…。…でも他人に八つ当たるのはやっぱりよくない。というわけで」

内山、微笑んで。

内山（動画）「沙和。好きだよ。沙和…」

動画は切れた。

一同、絶句。

翔太、死んでいる内山の表情が微笑んでいることに気付く。

内山の足元にはガスの缶。

部屋の隅には、使用済みの同じ缶が転がっている。

4　同・前の路上

パトカーが集まっており、内山の部屋の周りはブルーシートで覆われている。
水城が忙しそうに出入りしている。
翔太と二階堂が会話している。

翔太「…おかしいよ。何がおかしいかわからないけど、何かがおかしい。黒島ちゃんとの関係だってさ、本当にただのストーカーだったかどうか…」
二階堂「まず黒島さんに褒められたくて、赤池夫婦を殺害した理屈が全くわかりません」
翔太「うん」
二階堂「第一、理想の男って」
翔太、会話の途中で何かを思い出した表情。
翔太「あ…」
二階堂「どうしました?」
翔太「…どーやん、さっきあの人がいたんだよ」

×　　×　　×

［回想 ＃16 S51］

翔太が立ち去る南の姿に気付く。

翔太（声）「南さん」

二階堂「南さんですか？　どうして…」

翔太「わかんないけど。…これで一件落着じゃないってことだけはわかるよ」

×　×　×

5　キウンクエ蔵前・502号室・南の部屋

翔太と二階堂が、内山のアパートにいた件について、南を問い詰めている。

南「死んだ？」

翔太「とぼけないでくださいよ」

南「いや…（絶句）」

翔太「あそこで何してたんですか？　なぜ逃げたんですか？」

南「君達が来たから逃げた」

翔太「やましいことがあるからですよね？」

南「そうだよ。でも、殺してない」

翔太　「直接殺してなくても、あのダーツの仕掛けは…」
南　「仕掛け？　ダーツ？」
二階堂　「待ってください。やましいことってなんですか？」
南　「この前線路にドボンした子いるよな？」
翔太・二階堂　「…?!」
二階堂　「(警戒して) いますけど」
南　「あの後、まだ何か起こるんじゃないかと思って、病院に潜り込んだんだよ、バイトとして」

×　×　×

[回想 #15 S28]
南、ドアの隙間からじっと黒島を見ている。

×　×　×

二階堂　「バイト？」
南　「エピソードトークのネタ探しだな。で、その内山って青年が、病室の周りウロチョロしてたんで、〝あれ？　こいつが突き落とした犯人じゃねぇか？〟と思って、後を尾けたんですよ」
翔太　「どうしてあなたがそんなことをするんですか？」

南　「だから、事故物件住んでみた芸人だから…」
翔太　「答えになってません！」
南　「いや…事故物件以外にも、世の中の物騒な事件を調べて、面白おかしく紹介するわけ」
翔太　「面白おかしく？」
南　「カチンと来るのはわかりますよ？　ただ、今は私はやってないということを…」
翔太　「怒ってるわけじゃありません。ただ、あなたは本当に面白がってるわけじゃないですよね」

×　×　×

[回想　#15　S2]
総一　「…（ボソッと）なんだよ、せっかく実験中だったのに」
南　「今、なんて言った、こら!?　おい！」
南、そのまま総一を押し倒す。
二階堂が慌てて、南を止める。

×　×　×

翔太　「ネタ探しをしてる人の態度には見えませんでした。本当の目的はなんなんですか？」

南　「そりゃまぁ、最低限の正義感ぐらい持ち合わせてますよ。それだけです」
翔太　「（半信半疑）」

6　同・302号室

翔太と二階堂が部屋に戻り、待っていた黒島に内山が死んだことを告げる。
黒島　「え？」
二階堂　「死因は警察が調べてるんだけど、その…どう説明したらいいか、わかんないことが沢山あって」
黒島　「…」
二階堂　「大丈夫？」
黒島　「すいません…。私もいろいろあって、混乱してます」

×　×　×

［回想　＃16　S49］
黒島の足元にテレビが落ちてきて砕け散る。
黒島　「!?」
尾野　「すみませ〜ん！　手がすべっちゃってー」

× × ×

二階堂「尾野さんが？」

黒島「でもまず、内山君の話を」

翔太「ごめん、それ、どーやんから聞いてもらえる？」

翔太、そのまま寝室へ去っていく。

黒島「え？」

7 同・302号室・前の廊下

黒島と二階堂が部屋から出てきた。

黒島「翔太さん…どうしたんですか？」

二階堂「内山が遺書みたいな動画を残していて。黒島さんのために殺したって言ってたんだ」

黒島「は？」

二階堂「ショック受けると思いますが、見ますか？」

黒島「…（うなずく）」

黒島・二階堂、３０４号室に入っていく。
と、３０１号室のドアがカチャリと閉まる。
今までほんの少しだけ開いていたようだ。

8　同・３０2号室・寝室

翔太がベッドにうつ伏せになって寝ている。
が、叫びながら、仰向けになる。

翔太「あぁぁっ！」
と、起動していたＡＩ菜奈ちゃんが、
菜奈（ＡＩ）「大丈夫？　翔太君」
翔太「…。…菜奈ちゃん、犯人わかったよ」
菜奈（ＡＩ）「オランウータンタイム！」
翔太「え？」
菜奈（ＡＩ）「オランウータンタイム！」
翔太「うん。もう一度、考えてみるよ。納得してるわけじゃないから。ただ、あいつがあの映像持ってたんだよね。ブルなのかもしれない」

菜奈（ＡＩ）「すぐブルって言うよね」

翔太　「あんな、訳わかんないやつが、菜奈ちゃんに、訳わかんないことして…」

　翔太、何かが気になったのか、急に立ち上がる。

9　同・304号室・二階堂の部屋・玄関～リビング

　二階堂がドアを開けて、翔太と話している。

二階堂　「つまり？」

翔太　「他の人については、犯行の詳細喋ってたじゃん。でも結局菜奈ちゃんは何だったの？　キリン選んでどうされたの？」

二階堂　「警察は塩化カリウムを注射されたと」

翔太　「じゃあ内山はなんでそれを喋らなかったの？　あの動画にはきっと嘘があるよ。っていうか、あがるよ」

二階堂　「…」

　翔太、リビングへ。

　黒島が、二階堂のスマホで内山の動画を見ていた。

【内山「責めたりはしないよ。責められるべきは沙和。お前だよ！」】

翔太　泣いている黒島。
黒島「…」
翔太「翔太さん…私…」
二階堂「ごめん、黒島ちゃんのせいじゃないからさ…」
翔太「一連の事件を、すべて同一犯と判断するには一貫性がないと思ってます。まぁ僕の推測よりも、ＡＩに分析させますが」
二階堂「うん。犯人は別にいると思う。どーやん、あの動画、送って」
翔太「はい」
「ひとつひとつ、暴いていこう」

10　同・集合ポスト

西村が出かけるところ。
電話をしながら歩いている。
と、ポストの前で立ち止まり、
西村「ですからね。まだまだそんな気分になれませんよ。四十九日はとっくに過ぎてますけど、過ぎたらもういいとか、そんな割り切れませんよ。すいません」

11　ショーパブ前

淳一郎と東が、多少、揉めながらやって来る。

東　「うちに帰ってないなら、私の部屋に泊まればいいじゃないですか」

淳一郎　「越えてはいけない一線というものがあります」

東　「大袈裟ですよ」

淳一郎　「若いお嬢さんの手を握ってしまったという責任は、一生かけて償うつもりです。でも…」

淳一郎、ショーパブの前に翔太が立っているのに気付く。

翔太と淳一郎、会釈をし合う。

12　同・店内

翔太が内山の件を淳一郎に伝えている。

東は中に入れてもらえなかったようだ。

淳一郎　「じゃあ甲野君もその男に？　警察は？」

翔太　「はい。警察も把握してます」

淳一郎　「もしかして…」

淳一郎、何かを思い出し、老眼に苦労しながら携帯を操作して、例の宅配便のモニターの画像を見せる。

翔太　「内山です。これは？」

淳一郎　「業者を装って甲野君の名札を運んできたんです。お中元の熨斗《のし》付きで」

翔太　「…」

淳一郎　「それと、私の名前で甲野君の実家に香典を送った人間もいるんです。それも…」

翔太　「内山でしょうね」

淳一郎　「彼の目的は？」

翔太　「動画で語ってはいましたが、信じてはいません」

淳一郎　「ちなみになんと？」

翔太　「田宮さんに全てを話していいか迷います」

淳一郎　「はい？」

翔太　「引いた紙の…。【ゴミの分別が出来ない人】あれ嘘だと思ってるんで」

淳一郎　「いやいやいや、本当ですよ。なんですか急に」

翔太　「すいません、これ以上はまた今度」

翔太、頭を下げて帰っていく。

淳一郎、一人になると、上手く嘘がつけたか不安になり、何度も復習し始める。

淳一郎「〃いやいやいや、本当ですよ。何ですか急に〃…（首をかしげて）、〃ちょっと本当ですよ〃…〃失敬だな。本当だよ〃」

13　すみだ署・捜査本部

水城と刑事①が資料を見ながら会話している。

水城は、手帳に【赤池夫婦、浮田、児嶋、甲野、手塚、神谷、黒島（未遂）】とそれぞれメモしている。

水城「青酸ナトリウム？」

刑事①「はい。ダーツの矢に塗られていた毒物です」

水城「これは他の事件では使われていないよな？」

刑事①「そうですね。それと児嶋佳世の血液がついたノコギリと、皮膚片がついた荷物紐があります」

水城「ゴルフバッグを集荷した配達員がいたよな？」

刑事①「はい、確認しましたが…」

［回想　路上］

刑事①が＃7の配達員に、内山の写真を見せている。

刑事①「この男なんですが」

配達員「あぁ、この笑顔、よく覚えてます。この男です」

×　×　×

水城「児嶋佳世の死体損壊・遺棄は内山の犯行とみて間違いないか」

水城、メモの【児嶋】に○をつける。

刑事①「（資料をめくり）それと、甲野貴文殺害時の映像を再確認したんですが…」

資料の写真に、帽子を被った人物が拡大されている。

拡大したため粗い。

水城「内山にも見える。…が、弱ぇ！。もっと調べろ」

刑事①「はい。次の画像は、夏祭りの日に駅へ向かう黒島沙和の後を歩く男です」

コンビニの外の防犯カメラに映っている、路上を歩く内山。

刑事①「駅のカメラにも同じ服装の人物が映っています」

水城「…」

水城、甲野と黒島（未遂）に△を書く。

と、刑事②が入ってきて、

刑事②「水城さん！　被害者の遺体が笑ってる理由がわかりました」

水城「えぇ!?」

14　キウンクエ蔵前・302号室（夕）

繰り返し、内山の動画を見ている翔太。

×　　×　　×

［動画］

内山（動画）「まだまだ続きますよー。次は浮田さんです。ちょっとイカつい人でしたけど、（動画の中で薄く5時のチャイムが聞こえる）足を怪我してたので、まぁなんとか。えー。はい、凶器。首に針金巻いて店の奥まで引きずって行ったら、トイレにつく頃にはもう死んじゃってました」

×　　×　　×

翔太、チャイムに気付いて、動画を止める。

巻き戻そうとした時、インターホンが鳴る。

15　同・集合ポスト

蓬田が翔太の腕を持ってポストまで連れてくる。

翔太「ちょっと、もう、なんですか！」

蓬田「はい、ドーン！（とポストを指さす）」

302号室のポストが一杯である。

翔太「うーわ…」

蓬田「自分で片付けるか、それか毎月管理費200円アップで俺が…」

翔太「すいません。自分でやります」

翔太、チラシや郵便物を整理し始める。

翔太「ハァ…すいません」

蓬田「100円でもいいっすけどね。最近、将来のこと考え始めてまして、少しでも貯金をっていうのがありまして」

翔太「…?」

翔太、神谷からの封筒に気付いた。

中にはメモとコインロッカーの鍵が入っている。

16　駅前のコインロッカー

翔太が走ってきて、鍵のナンバーと同じロッカーを必死に探す。

神谷（M）「手塚翔太様

このような形でお伝えすることになってしまい申し訳ありません。

今回の一連の事件に関して今一度自分に何ができるのかを考えました」

×　×　×

［人気のない喫茶店］

神谷（M）「自分の保身のために、捜査の手を緩め、奥様の死を招いたことを大変申し訳なく思っています。真犯人に迫ればそれだけ危険が伴いますが…」

手紙を書く神谷。

×　×　×

翔太、ロッカーを開ける。中にまた封筒。

開けると、神谷の手帳が。

神谷（M）「万が一に備えて、私が得た手がかりをあなたに託します」

翔太、あたりを気にしつつ、その場で手帳を開く。

これまでの捜査のメモがびっしりと書いてある。

神谷(M)「追伸。うちの相棒はいい人ですが、刑事としては三流ですので、あしからず。神谷将人」

メモを飛ばし読みしながらめくっていくと、内山を隠し撮りしたらしき写真が貼ってある。

翔太「…!」

×　×　×

[翔太の回想　内山の動画]

内山「まだ我慢しちゃうのぉ?」

神谷「こっちも一応、まだ刑事なんでね…」

×　×　×

翔太、手帳を閉じて、携帯を取り出す。

17　公園

翔太と水城がベンチに座っている。

水城は、神谷の手帳を読んでいたが、閉じて、水城「これは多分、彼なりの罪滅ぼしですね」
翔太「罪滅ぼし？」
水城「えぇ。あなたが伝えてくれた件ですが…」

×　×　×

[回想 #16 S13]
翔太「調べていただきたいことと、お伝えしておきたいことがひとつずつあります」
水城「榎本正志が供述しました。神谷はゲームの隠蔽以上の協力を、榎本夫婦に対してしていました」

×　×　×

翔太「はい…」
水城「この情報は無駄にしません。実際、神谷の睨んだとおり、一連の殺人は内山であろう裏付けが進んでいます」
翔太「例えば？」
水城「先ほど入った情報では、内山の家から大量の『笑気ガス』の缶が発見されました」
翔太「笑気ガス？」
水城、資料を渡す。
【笑気ガス】の見出しと下に説明。

水城「麻酔の一種ですが、高濃度のものは危険ドラッグとして指定されています」

資料をめくると、ガスを吸いながら笑っている写真、もしくはイラスト。

水城「俗にいう〝ハイになる〟というやつですね。30分ほどで体内から消えてしまうので、今までの司法解剖では検出されませんでした。遺体が笑顔だったことと関連性が高いとみています」

翔太「…」

水城「一連の事件はやはり内山が…」

翔太「本当に内山なんでしょうか？　共犯者がいた可能性は？　妻が映っていた残りの動画って見つかったんですか？」

水城「内山のパソコンからは見つかりませんでした。ただ、内山は医療工学科で医療機器の開発をしていましたし、病院に出入りして、塩化カリウムを入手できた可能性も…」

翔太「…」

水城「それと、犯人がもうひとりいるとしたら一番怪しいのは、内山と接点のあった黒島ですが、彼女にははっきりとしたアリバイがあるんですよ」

翔太「…」

18　キウンクエ蔵前・1階廊下

久住が部屋から出てくる。
と、後ろから洋子に呼び止められる。

洋子「袴田さん」
久住「あぁぁぁ!?（驚いて振り向く。※浮田の明かした名前の人物が襲いに来たと思った）…なんだ、石崎さんですか」
洋子「誰と間違えたんですか?」
久住「あ、いえ…」
洋子「そもそも私の名前は思い出したんですね?」
久住「あっ、警察の方に聞きましたから」
洋子「あ、そう。どうして警察は、殺人事件の容疑者を部屋に戻したんでしょうね?」
久住「僕は事故に巻き込まれただけで…」
洋子「（部屋の中に）交代!　一男!　やってみせなさい」

一男と文代が出てきて、久住のスネを蹴る。

一男／文代「やぁ!／とぉ!」

久住　「痛ってぇ…。痛い！」

洋子　「うちの子供は2人とも鍛えてますんで、襲うなら旦那にしてください」

洋子、子供を部屋へ戻し、住民会へ向かう。

久住　「は？」

19　同・地下会議スペース

洋子がドアを開けると、臨時の住民会が騒然としている状態。

参加者は、翔太、俊明、妹尾、柿沼、黒島、シンイー、西村、尾野、二階堂、木下、藤井、江藤、南。

と、今、来た、洋子。

妹尾　「犯人が自殺ってどういうことだよ！」

翔太　「だから…」

妹尾　「（黒島に）オメーも盗聴器なんか仕掛けられてんじゃねーよ!!」

洋子　「なんなの？」

西村　「手塚さんから、いくつかの事件について、犯人がわかったという説明が」

洋子　「やだ！　誰！」

妹尾　「うるせぇ！」

二階堂　「落ち着きましょうよ」

尾野　「えぇ。まず黒島さんの気持ちを考えてあげましょうよ。犯人とは高校時代からの古いお知り合いですから、今、落ち込んでますよね？」

黒島　「え…？」

尾野　「あれですよ？　黒島さんが犯人とグルだとか、疑うのはやめましょうね？」

一同　「…」

江藤　「みなさん！　大事なこと忘れてますよ」

西村　「なんですか？」

江藤　「犯人、捕まったんですから、まず喜びましょうよ！　あ、これ、その時の気分にあった音楽を流してくれるアプリでして。例えば、（携帯に向かって）〝嬉しい〟」

江藤の携帯から、軽薄なＥＤＭがかかる。

江藤、奇声を発しながら、一人で踊りだす。

短気な妹尾も唖然《あぜん》として言葉がない。

柿沼　「（無視して）…なんでもいいけどさ、お前らが交換殺人ゲームしなかったら、浮田さん死ななかったんじゃねぇか」

一同　「…」

江藤「スマイル、スマイル！　ほら」

俊明、たまらず江藤の携帯を止める。

柿沼「俺からすれば、参加したヤツ全員共犯なんだよ」

一同「…」

翔太「…」

二階堂、ＰＣを開いているが、手は止まっている。

20　同・302号室

二階堂「冷たっ」

翔太「流行ってんだよ。今…。っていうか、どーやんが文句言うから変えたんだよ」

翔太と二階堂の２人ごはん。

二階堂「あえて住民会で、事件の報告をしてみた成果はなかったですね」

翔太「うん。江藤君のこと嫌いになっただけだった」

二階堂「同じです」

翔太「あっ、ＡＩは西村さんのこと怪しんでたじゃん」

「回想＃15 S11」

画面に【Match（23・1％）西村淳】と表示される。

×　　×　　×

×　　×　　×

翔太「あれってどうなったの？」

二階堂「神谷さんの殺害まで入力すると、西村さんが犯人である信頼度は5％台になってしまいました」

翔太「…」

二階堂「なんにせよ、犯行の手口が一致しないのが気になります。この手の猟奇殺人犯の犯行というのは、ある種の規則性を持っていて、それを守ろうとする傾向にあります。今回は、笑顔です」

翔太「じゃあ、笑っていない甲野さんと黒島ちゃんの件だけが、内山の犯行だったとか？」

二階堂「黒島さんが尾野さんに襲われたことも気になってます」

翔太「あぁ…」

二階堂「以前、聞いたお話から、手塚さんが尾野さんからプレゼントをもらっていたという情報は入力しましたが…」

〔回想 ＃15 S22〕

尾野「ウエハースです。手作りの」
二階堂「僕、他人の作ったもの、食べれないんですよ」
尾野「じゃ自分で食べまーす」
　ウエハースの粉がポロポロと落ちていく。

×　　×　　×

二階堂「プレゼントという認識を改めないといけないかもしれません。あの人は猟奇性がありま す」
翔太「確かに。改めて尾野ちゃんを調べるか、それとも…」

21　同・502号室・南の部屋

　南が誰かと電話している。

　手元にはその相手から送られた『黒島沙和』と『田宮淳一郎』の資料。

南「えぇ、ありがとうございます。今、見てます。えっ？（田宮の資料をめくる）。あっ、確かに」

資料には田宮の履歴として、【あおい銀行　高知香南支店　支店長】と書かれている。

南「（表情が変わり）しかも5年前じゃないですか」

22　ショーパブ・店内

淳一郎、寝袋に入ったまま、カップラーメンの汁に食パンを浸して食べている。

23　キウンクエ蔵前・502号室・南の部屋

南が、奥の部屋の扉を開く。
暗い室内。
カーテンの隙間から差すわずかな光。
机の上には、幼い女の子の写真…。

南「…」

×　　×　　×

［回想　5年前］

台詞は聞こえない。

かなりの田舎道を歩いている南。嵐の前ぶれのような強風が吹いている。

南を呼ぶ声が聞こえ振り返る。

小さな女の子が木の上を指さしている。

風で飛ばされたのか、枝に麦わら帽子が引っかかっている。

小走りに女の子の所へ戻っていく、南。

と、脇道から来た原付に乗った男が、女の子に気付き、バイクを止めて、木の幹に足をかけてジャンプ。着地に失敗し、尻餅をつきながら帽子を取ってあげる。

男の顔はヘルメットのバイザーで見えない。

南、女の子の傍にたどり着き、男にお礼を言う。

台詞が急に聞こえだす。

南　「すいません、ありがとうございます」

淳一郎　「ハハハ…。あー…」

男がヘルメットをしたままで、ズボンの土を払いつつ立ち上がる。

×　　×　　×

南が必死で男の顔を思い出そうとしている。

南　「…」

［声のみフラッシュ＃14 S7］

淳一郎　「うん、ははは」

×　×　×

［回想］

男、バイザーを少しあげながら、

淳一郎　「昔は木登りも得意だったんですがね。『猿』なんて呼ばれてて…」

顔は口元から鼻くらいまでしか見えないが、淳一郎である。

そそくさとバイクにまたがった男、すぐにバイザーを下ろし、走り去る。

×　×　×

南、記憶が鮮明に蘇り、ハッとする。

そして、次の瞬間には表情に殺意が浮かぶ。

24　同・302号室（日替わり・朝）

翔太と二階堂が、黒島を呼んで推理会議をしている。

黒島　「私が田宮さんに？」

翔太　「うん。内山が全部一人でやったとは考えてないんだ。でも、目星が誰かついてるわけでもなくって」

二階堂　「田宮さんはまだ何かを隠してる気がするんです。（【ゴミの分別が出来ない人】を指して）これについて、もう一度確認した方がいいかと」

黒島　「なんで私が…？」

翔太　「あっ、田宮さんはさ…。黒島ちゃんには弱いみたいだから」

×　×　×

[回想 ♯14 S7]

淳一郎、黒島の笑顔を見て、言葉を飲み、

淳一郎　「あぁ…いやぁ、まぁ…失礼しました」

その様子を、翔太、二階堂が見ている

×　×　×

黒島　「えっ？」

翔太　「俺が聞いても答えてくれないことも、もしかしたら黒島ちゃんならって」

黒島　「あぁ…いいですけど、自信ないです」

二階堂　「やっぱり僕も付き添いますよ」

翔太　「いや、でもそれだと…」

二階堂「（無視して）学校帰りに、一緒に行こう」
黒島「あ…はい」
翔太「…」

×　×　×

二階堂と黒島が帰り、ひとりになった翔太。

ＡＩ菜奈ちゃんに話しかける。

翔太「…菜奈ちゃんさ、内山って知ってる？」

菜奈（ＡＩ）「うん」

翔太「えっ⁉」

菜奈（ＡＩ）「内山駅は、富山県黒部市宇奈月町内山にある富山地方鉄道本線の駅です。駅番号はＴ39です」

翔太「ちょっと…急にＡＩみたいなこと言わないでよ」

翔太、ＡＩだったことを思い出し、仕事に行く準備を始める。

寝室へ行き、スマホをベッドに置き、クローゼットを少しだけ開けると、タオルなど取り出して、中の匂いを吸い込む。

×　×　×

蘇る菜奈の笑顔…。

×　×　×

翔太　「犯人絶対、捕まえるからね」
菜奈（ＡＩ）「危ないことしないでね、翔太君」
翔太　「…！」
翔太、スマホを振り返り、
翔太　「うん、菜奈ちゃん、仕事行くよ！」
菜奈（ＡＩ）「行ってらっしゃい」
翔太　「一緒に行くんだよ」
翔太、扉を閉めかけて、何かに気付く。
菜奈の服のボタンがひとつなくなっている。
とはいえ、特に疑問には思わず、扉を閉める。

25　どこかの喫茶店

水城と刑事②が、店員に聞き込みをしている。
刑事②、内山の写真を見せている。
店員　「あぁ…よく来てますよ。最近、顔見ないですが」

刑事②「普段はどんな様子ですか？　一人で？」
店員「はい。基本一人で、ニコニコして大人しい、いいお客です」
水城「ニコニコね…」
店員「でもこないだ、珍しくお連れさんがいましたね」
水城「…？」

26　スポーツジム

翔太「よっしゃ」
翔太が出勤してきて、マシンに向かって歩いている。
と、受付担当に呼び止められる。
受付「あれ、手塚さん。今日のパーソナル、キャンセルですよ」
翔太「え？　桜木さんだよね？　こないだもキャンセルで…」
受付「最初は誰でも頑張りますけど、急にやる気なくなる時期ですから」
翔太「…」

27　ショーパブ・外観（夕）

満員ｏｎ礼のポスターが貼ってある。【番外公演　夜斬りよ今夜も有難う】

28　ショーパブ・店内

芝居の本番中。客は前回よりは増えている。
黒島と二階堂、南、君子の姿はそれぞれ客席に。

淳一郎　「人斬り稼業の流れ者の、この目が、澄んでいると言うのかい?……（感無量で）おかしな娘さんだなぁ」

お小夜　「（はっと気付いて）あなた様は、もしや…」

淳一郎　「聞くな！　聞かれても答えねぇ。お前さんこそ、その目を濁すことのないよう、照る道を、善く善く歩いてぇ…、あ、行くんだぞぉ」

黒島　「…」
淳一郎、そっと刀をおさめる。と、同時に音楽イントロ。

淳一郎　「はい、ぇー、そういう訳で、このまま第二部歌謡ショーにまいりたいと思います。みなさん、お手を拝借～（と拍手を求める／イントロ終わり）

♪25セントの満月／夜空にポカリと浮かんで
今夜の／私達を見てる
踊りまくるダンサーを従え、歌う淳一郎。

×　×　×

［1時間後］

終演後。淳一郎と君子がなにやら揉めている。その脇には東の姿も。
遠巻きに二階堂と黒島が見ている。南の姿はすでにない。

淳一郎「出て行けと言ったのは君だろう?」
君子「出て行けと言うほど怒っている、という感情表現です。言葉の裏の意味もわからないから、今日のような表面的な、〝俺を見て！〟な演技になるんです」
淳一郎「なんだと?」
君子「舞台とは、目立ちたがり屋の晴れ舞台じゃありません。ここでしか輝けない人間がすがる哀しい幻なんです」
淳一郎「プロでもない君になにがわかるというんだ！」
東「お言葉ですが…」
君子「お嬢ちゃん。どれくらいの覚悟で、なにを言うつもりなのかわからないけど、私、この人のこと愛してるから」

淳一郎「…」
東「…」
二階堂「あの、こちらの話を先にしていいですか？」
君子「はい？」
二階堂「痴話喧嘩は終わりがないので、僕の話を先にした方が効率的かと」
黒島「（そっと肘で二階堂をこづく）」
君子「はぁ？」
淳一郎「（さっさと済まそうと）見に来ていただいてありがとうございます、あっ」
東がプイとどこかに行ってしまった。
君子「ガキの扱いは任せて」
追いかけようとする淳一郎を君子が制して後を追う。
二階堂「続けてもいいですか？」
淳一郎「えぇ…」
二階堂「田宮さんの引いた紙ですが、【石崎洋子】と【早川教授】のどちらですか？」
淳一郎「早川教授？」
二階堂「黒島さんが書いた紙です」
淳一郎「あぁ…」

二階堂「知らないということは、石崎洋子さんを引いたんですね」
淳一郎「…（黒島の真意を確かめようと見ている）」
黒島「どうして、言えないんですか？」
淳一郎「いや私は、以前手塚さんにもお伝えしましたが、タバコのポイ捨てをする人、
という紙を引きました」
二階堂・黒島「…」
淳一郎「もとい。ゴミの分別をポイ捨てする人でした」
二階堂「本当のことを教えてくださいよ」
淳一郎「（練習の成果ありの言い方）失敬だな。本当だよ」
淳一郎、言い終わると逃げるように去っていく。
二階堂・黒島「…」

29　キウンクエ蔵前・前の路上（夜）

翔太が帰宅してきた。
と、敷地内に入っていく桜木に気付く。
翔太「えっ、桜木さん？」

桜木「あれ？　ショウ？」
翔太「え？　どうしたんですか？」
桜木「あっ、すいません、今日キャンセルしちゃって」
翔太「あー、いえ…それは全然いいですけど。なんでここに？」
桜木「あ、彼氏が住んでて。え、ショウもここ？」
翔太「え？　彼氏ってお医者さんですよね？」
桜木「はい。４０３の藤井淳史って知ってます？」
翔太「…」

30　同・４０３号室・藤井の部屋

藤井、久住、桜木が集まっている。
藤井「なんでそんなこと言ったのー」
桜木「実際、付き合ってるんだから」
藤井「でもさぁ…」
久住「そんなことより、対策練らないと」

藤井「いや対策っていうか、住民会で手塚が言ったことが本当だとしたら、浮田さん殺した犯人って」
久住「僕が前に言った人と違うんですよね？」
藤井「うん」
桜木「ねぇ、嘘ついたら許さないよ？」
久住「ついてませんよ」
藤井「万が一用の、濡れ衣を着せる相手がいなくなっちゃったよ」
桜木「あんたもカマかけに行ってみなよ。浮田さんみたいに」
久住「嫌ですよ、殺されちゃいますよ」
藤井「ってかそもそもあいつ、堂々と住民会に出てたぞ。本当に殺したのか？」
久住「それは藤井さんだって同じじゃないですか」
藤井「まぁね」
久住「僕は、このまま一生、袴田吉彦として生きていくんでしょうか」
藤井「知らないよ」
久住「ヤダよー。ヤダよー」
藤井「やめて…。帰れって」

31　同・2階エレベーターホール

黒島と二階堂がショーパブから帰ってきたところ。
黒島は2階で降り、

黒島「じゃあ、おやすみなさい」
二階堂「うん、おやすみ」
エレベーター、閉まる。

32　同・3階エレベーターホール~3階廊下

二階堂が降りてくる。
301号室の前の通り過ぎようとすると、勢いよくドアが開く。
チェーンはかけたまま。

尾野「しーくん」
二階堂「尾野さん…」
尾野「はーちゃんです」

二階堂「ハァ…なにか?」
尾野「ちょっと怖くて誰にも話せなかったことがあって。菜奈さんを殺した犯人について」
二階堂「え?」
尾野「(チェーンをはずして)話、聞いてくれます?」
二階堂、一瞬、躊躇するが部屋の中へ。
尾野、あたりを伺《うかが》いながらドアを閉める。
閉めた後にチェーンがかかる音…。

33 同・103号室・淳一郎の部屋

淳一郎が一人で帰宅してきた。
淳一郎「ただいま帰りました。またお世話になります」
返事がない。
淳一郎「…?」
淳一郎、リビングへ向かう。
と、キッチンから包丁を持った南が現れる。

淳一郎「…⁉　き…君子ぉぉぉぉ！！！」
君子、ひょっこり顔を出して、
君子「あら、素直に帰ってきた」
淳一郎「？・？・？・？・？」

34　同・302号室／すみだ署・捜査本部（適宜カットバック）

翔太が考えごとをしている。
翔太「…」

×　×　×

［回想　先ほど会った桜木］
翔太（M）「藤井さんの彼女…？」

×　×　×

［回想　#11　S15］
神谷「殺害に使われた毒物は『塩化カリウム製剤』だということがわかりました」

×　×　×

［回想 ＃11 S31］

スマホの塩化カリウム製剤の商品ページ。

【医療機関・研究機関向けで一般の方は購入できません】の文字。

× × ×

翔太(M)「桜木さんがウチのジムに入って来たのって本当にただの偶然か？」

と、携帯の振動音で我に返る。

水城から着信だ。

翔太「はい」

水城「少しご協力をお願いしたいのですが」

翔太「なんでしょう？」

水城「内山達生のここ1週間の行動を追っていたんですが、神谷を殺害したとされる日の日中に、マンションの住人と会っていたことがわかったんです」

翔太「誰ですか？」

水城「502号室の南さんです。最近、越してきた方だと思いますが、なにか…（電話が切れた）あれ？ ちょっと、あっ…手塚さん？」

翔太側にカットが戻ると、誰もいない302号室…。

35　同・103号室・淳一郎の部屋

キッチンで南が鰹《かつお》をさばいている。淳一郎と君子はリビングで話している。

君子「それで帰りの電車でお話ししてたら、南さん、高知出身だって言うから。懐かしいーって…」

南「あの頃食べたタタキが忘れられないって言うんでね。ちょっと腕前披露しちゃおうかなって」

淳一郎「あぁ…」

君子「(小声で) あなたの三文芝居も褒めてくれてたよ」

淳一郎「(照れ笑いしつつも戸惑いの方が強い)」

南「あっ!」

君子「どうしました?」

南「ニンニクが…あれないと」

君子「しょうがならありますよ」

南「いやいや、やっぱりニンニクで食べてもらわないと。あの、うちの部屋にあるんですが」

君子「あっ、取ってきます、取ってきます」

南 「いいですか？」

君子 「もちろん！」

南 「すいません」

君子 「ノープロブレムです。じゃ行って来ます」

君子、南から鍵を受け取り、出ていく。

淳一郎 「…」

南、君子が部屋を出た瞬間、表情が変わる。

36 同・301号室・尾野の部屋

二階堂と尾野が会話している。

テーブルの上には、モヒート並みに葉っぱが入ったハーブティー。

尾野 「で、利尿効果もすごいんで、飲んでも飲んでも出ちゃうんですけど、その時に体の毒素も一緒に出してくれるんで…」

二階堂 「あの…そろそろ本題を」

尾野 「だって、一口も飲んでくれないから」

二階堂 「飲みますけど、美味しい顔して飲めませんからね？」

尾野　「はい。良薬口に苦しですから」
二階堂　「そういうことじゃないんですけどね（と渋々飲む）」

37　同・502号室前廊下

翔太がインターホンを連打している。

翔太　「南さーん？」
そこへ鍵を持った君子が現れる。
君子　「あの…」
翔太　「あれ？」
君子　「南さんなら、ウチに来てますけど」
翔太　「あぁ…」
君子　「あっ、一緒に行きます？」
翔太　「あぁ…はい」
君子　「じゃあ、ちょっと待っててください」
君子、ドアを開け、中に入る。
翔太　「え？」

38　同・103号室・淳一郎の部屋

タタキの乗った皿と、なぜか包丁も持ったまま、キッチンからリビングへ。

南　「部屋まで行って戻って3分かな」

淳一郎　「はい？」

南、淳一郎の腕を取り、テーブルの上に無理矢理手を付かせる。
その手の指と指の間に包丁を突き刺し、

南　「手短にお答え願えますか？」

淳一郎　「…⁉⁉」

39　同・502号室・南の部屋

君子　「あれ？　どこ？」

君子がキッチンの棚を探っている。ニンニクを見つけられず、冷蔵庫へ向かおうとすると、部屋の中に翔太がいた。翔太、奥の部屋の扉を見つめている。

君子　「⁉」

君子、訝《いぶか》しがりながら、冷蔵庫からニンニクを見つけ、

君子　「あぁ、あった。…あの、…行きますけど？」
翔太、返事をせずに、奥の部屋の扉を開ける。

40　同・103号室・淳一郎の部屋

南が淳一郎の腕を掴《つか》み、包丁を突き立てたまま、問い詰めている。
淳一郎　「あの、こんなことをされる覚えは…」
南　「あんた、人を殺したよね？」
淳一郎　「!?」

41　同・502号室・南の部屋

君子　「手塚さん？」
部屋の中は資料だらけ。
特に目立つ場所に、淳一郎の経歴などの書類とともに、新聞のスクラップ。
見出しには『不明小3女児　遺体で発見　豪雨で捜索難航』の文字。
殺害された笑顔の少女の写真。

翔太、視線を上げると、そこには写真立てに同じ写真が。

君子「あの、怒られちゃうんで…」

翔太、部屋を飛び出していく。

君子「えぇ？　な、な…？」

42　同・103号室・淳一郎の部屋

淳一郎と南が張り詰めた空気の中、同じ体勢のまま、

淳一郎「…何をおっしゃってるのか、全く意味が…」

南、グイと淳一郎に顔を寄せ、低い声で。

南「答えろ…殺したのか？」

淳一郎「…」

43　同・301号室・尾野の部屋

二階堂と尾野の話が続いている。

二階堂「…え？」

尾野　「驚いちゃいますよね。でも本当に黒島さんなんですよ。あの子が手塚さんの奥さんを殺したんです」

二階堂　「どうして…そう思うんですか？」

二階堂、急激な眠気に襲われる。

尾野　「見たんです、手塚さんが入院してるとき、黒島さんが…」

尾野の声がだんだんと頭に響き、聞き取れなくなる。

二階堂、ぼやける視界の中で、尾野の部屋のカーテンに既視感を抱く。

×　　×　　×

［フラッシュ］

内山の動画のひとコマ、カーテンが見切れている。

×　　×　　×

二階堂　「…」

二階堂、そのまま倒れ、ソファで眠ってしまう。

尾野、ハーブティーを沈んでる花ごと一気飲み。花をもしゃもしゃ食べながら、

二階堂の首に手をかける。

と、思いきや満面の笑みで耳たぶマッサージを始める…。

【＃18に続く】

あなたの番です

第18話

#18

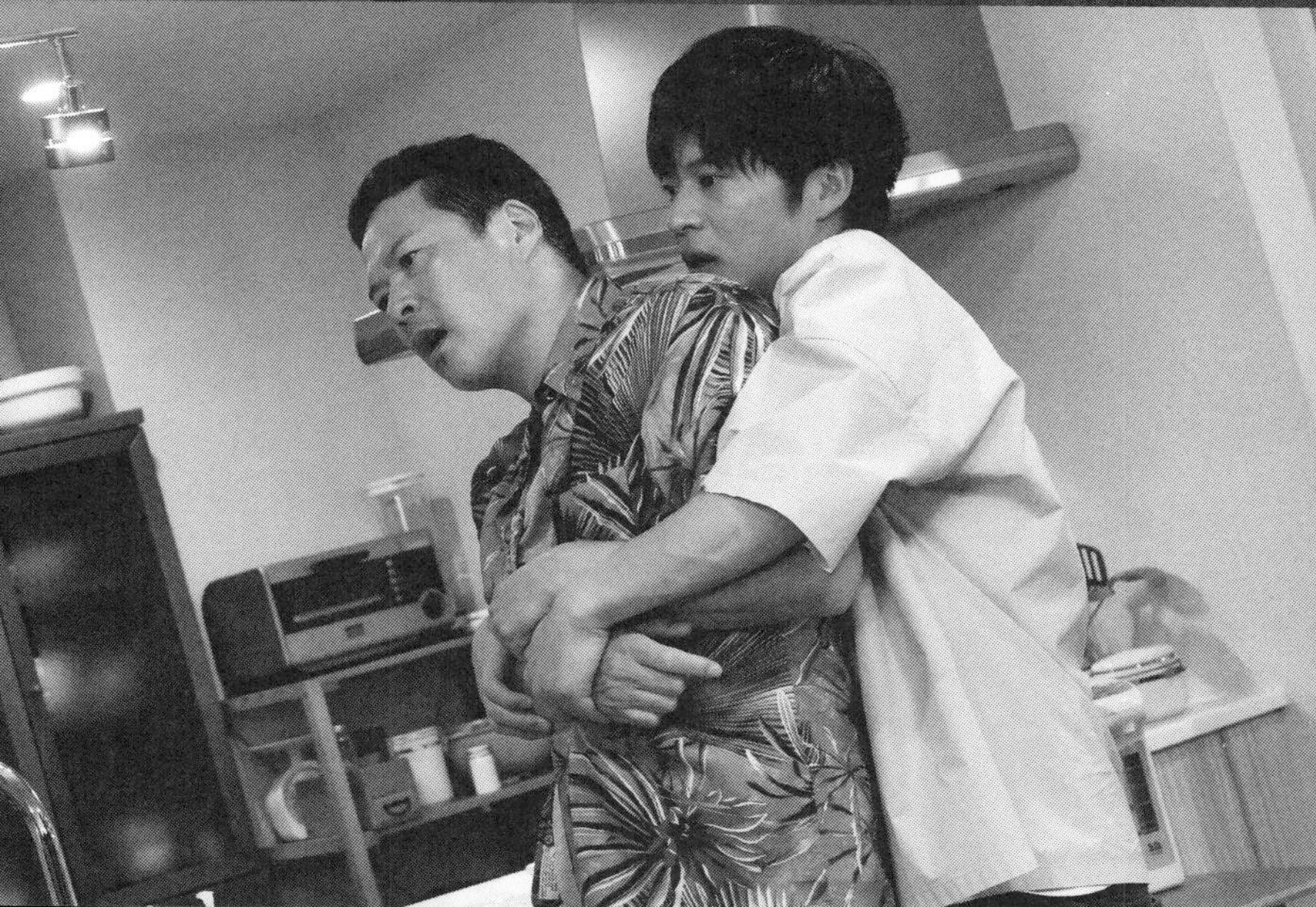

1　前回までの振り返り

翔太（N）「知らない間に行われていた交換殺人ゲーム」

×　×　×

前半シーズンで殺された人達が次々と映し出される。

×　×　×

翔太（N）「その中でも、笑顔で殺されていた菜奈ちゃんや」

［回想　＃10　S56］

菜奈、穏やかな微笑みをたたえたまま、黙っている。

×　×　×

翔太（N）「赤池さん、浮田さん、児嶋さん、神谷さん」

［インサート　赤池夫婦の死体］

［インサート　浮田の死体］

［インサート　佳世の死体］

［インサート　神谷の死体］

翔太（N）「そして…、甲野さん」

［インサート　甲野の死体］

× × ×

［回想　＃16　S51〜＃17　S2］

翔太(N)「それらの殺害を死んでから告白した内山という男…」

水城、勢いよくドアを開ける。

ダーツの矢が数本、内山の胸に刺さる。

内山　「ブッルでーす！」

内山(動画)「僕が犯してきた罪について教えてあげることにしまーす（さらに笑顔）」

翔太(N)「…ただ、その動画は不可解な点も多く、全てが真実だとはとても思えない」

× × ×

［回想　＃16　S51］

翔太が立ち去る南の姿に気付く。

翔太(N)「そしてもうひとり、何かを隠している南という男…」

× × ×

［回想　＃17　S34］

水城　「内山達生の行動を追っていたんですが、マンションの住人と会っていたことがわかったんです」

翔太「誰ですか？」
水城「502号室の南さんです」

× × ×

[回想 ＃17 S40]
南が淳一郎の腕を掴み、包丁を突き立てたまま、問い詰めている。
淳一郎「あっ！」
南「あんた、人を殺したよね？」

× × ×

[回想 ＃17 S42]
南、低い声で。
南「答えろ…殺したのか？」

× × ×

[回想 ＃17 S41]
部屋の中は資料だらけ。
特に目立つ場所に新聞のスクラップ。
見出しには『不明小3女児　遺体で発見　豪雨で捜索難航』の文字。
殺害された笑顔の少女の写真。

君子　翔太、視線を上げると、そこには写真立てに同じ写真が。

「あの、怒られちゃうんで…えぇ?」

翔太、部屋を飛び出していく。

×　　×　　×

[回想 #17 S43]
尾野「本当に黒島さんなんですよ。あの子が手塚さんの奥さんを殺したんです」
二階堂、急激な眠気に襲われる。
尾野の声がだんだんと頭に響き、聞き取れなくなる。
二階堂、ぼやける視界の中で、尾野の部屋のカーテンに既視感を抱く。
二階堂「…」
二階堂、そのまま倒れ、ソファで眠ってしまう。

2　キウンクエ蔵前・103号室・淳一郎の部屋・ダイニング

南が包丁を突き立てたまま、腕時計を見ている。

南「時間ねぇな。悪いけど、強引に行くよ」

南、突き立てた包丁をグイと下ろす。(映さないが)刃が淳一郎の指に!

淳一郎「あぁぁ！」

南「今なら絆創膏で治せる傷だけど。どうする？」

淳一郎「え？　あ？」

南「殺したのか…？」

淳一郎「…」

×　×　×

[回想　#9 S8]

誰かと揉み合う淳一郎。

淳一郎「証拠が…証拠があるんです！」

×　×　×

淳一郎「あの男は、その…」

南「男？」

淳一郎「え？」

南「…？」

と、ドアが開き、翔太が飛び込んでくる。

翔太「南さん！　話が…(異様な状況に気付くが言葉を一応続ける)、…あるんですが…」

南「ちょうどよかった（と体勢を戻し）」

翔太「今なにを？」
南「聞いてくださいよ。こいつ、人殺しなんですよ」
翔太「…!?」

タイトル
『あなたの番です─反撃編─』

3 同・103号室・淳一郎の部屋・ダイニング〜玄関〜ダイニング

翔太、淳一郎、南の会話が続いている。
翔太「人殺し？」
南「それも連続殺人犯」
翔太「…！」
淳一郎「…あ、いや」
南「で、何人殺したんだよ？」

淳一郎「私は、その…」

南「忘れたんなら説明してやるよ」

翔太・淳一郎「…」

南「5年前、2014年8月2日、高知県香南市。当時、小学3年生の女の子が、友人宅に遊びに行ったきり消息を絶つ事件がありました。台風12号が接近する記録的な暴風雨の中、家族は懸命に捜索しましたが、2日後、農家の作業小屋の中から遺体で発見されました」

翔太・淳一郎「…」

南「死因は、鋭利な刃物で頸動脈を切られたことによる出血性ショックです」

君子「…?」

君子がリビングの入り口まで来ていた。3人の異様な雰囲気を察し、成り行きを見守っている。が、淳一郎が疑われてるとは思っていない。

淳一郎「それ、もしかして…」

南「台風で外出する者も少なく目撃情報はゼロ。現場近辺では停電が起き、作動していた防犯カメラも少なく、数年経っても犯人は特定されず、事件は迷宮入りになってます」

淳一郎「やっぱりそれ、穂香ちゃん事件のことですよね?」

翔太　「……？」

南　「お前が！　うちの娘の名前を口にするんじゃねぇ！」

淳一郎　「娘？」

南　「あの日のあの猿が…あんただったとはなぁ」

×　　×　　×

［回想＃17 S23］

男が、尻餅をつきながら女の子の帽子を取ってあげる。

南　「すいません、ありがとうございます」

男、バイザーを少しあげながら、

淳一郎　「昔は木登りも得意だったんですがね。『猿』なんて呼ばれてて…」

顔は口元から鼻くらいまでしか見えないが、淳一郎である。

×　　×　　×

翔太　「通報しますか？」

南　「いや、警察へはパトカーじゃなく、救急車で行ってもらう」

翔太　「え？」

南、テーブルに刺さったままの包丁を抜き、淳一郎に襲いかかる。

南　「おらぁ！」

翔太　「ちょっと南さん…（慌てて南をおさえて）ダメだって！」

逃げる淳一郎、揉み合う翔太と南。床に落ちる包丁。

と、君子が部屋に躍り込んできて、包丁を掴んでキッチンへ放り投げると、
返す刀で南をビンタ。

君子　「うちの主人に何するんですか！」

一同　「…⁉」

君子　「誤解です！　あの高知豪雨の日のことなら、よーく覚えてます！　あの人は自
分が勤める銀行の支店にいたんです！」

南　「嘘つけ！」

君子　「（もう一度ビンタして）嘘じゃない！！！　付近一帯が浸水したんで、避難場所
として、銀行の2階を開放して一晩中、陣頭指揮を執っていたんです！」

南　「…」

君子、棚からアルバムを取り出し、
君子　「消防署から表彰もされています。ご覧になります？」

南、渡されたアルバムのページを見る。

警察署で表彰されている淳一郎の写真。

その脇に新聞記事。【支店長、嵐の中で大奮闘】の見出し。

南　「…」
南、信じられないといった様子でアルバムを荒々しく閉じるが、ひと呼吸置くと、もう一度、開き、改めて記事を見る。
淳一郎　「あの日のことなら私もよく覚えています。日中は、融資先に挨拶回りに出ていたんですが、その途中で…」

×　×　×

[回想 #17 S23]
淳一郎　「あっ…！」
淳一郎が、尻餅をつきながら女の子の帽子を取ってあげる。
淳一郎　「はい」
穂香　「ありがとうございます」

×　×　×

淳一郎　「それだけならすぐに忘れる出来事ですが、事件後、連日テレビでも新聞でも、穂香ちゃんの写真が出たじゃないですか、〝あ、あの子だ〟って気付いて…」
君子　「それからは、2人で、毎日心配してニュース見てましたよね？」
淳一郎　「あぁ」
南　「くそ、ごめん穂香ぁ。パパまた、間違っちゃった…。（淳一郎に）すいません…

すいませぇん！」

南、謝りながら泣き崩れる。

4　同・202号室・黒島の部屋

黒島が二階堂に電話している。が、出ない。

黒島「…？」

5　同・5階廊下

翔太が南を支えながら歩いてくる。

翔太「娘さんを殺した犯人を捕まえたい気持ちは、僕もよくわかります」

南「ええ」

翔太「だからって、どうして高知からここに？　最初から田宮さんを追ってたわけではないんですよね？」

南「…最初にここに越そうと思ったのは、502で殺された遺体が笑っていたという情報を掴んだからです。その後、201の住人も笑ったまま死んでいたと聞いて、決心しました」

翔太「…？」

南「穂香も笑ってたんです」

翔太「…！」

6　同・502号室・南の部屋（適宜回想シーン）

南が翔太に穂香の写真を見せて、奥の部屋で話をしている。

南「穂香です」

翔太「…」

南「娘が殺されてから、仕事そっちのけで、ずっと犯人捜しですよ。まぁもともと全然売れてませんでしたけど」

翔太「…」

南「それでも食っていかなきゃ犯人捜しもままならないんで」

×　×　×

[回想 ＃16 南の動画]

カメラに向かってアザを見せている動画。

南（声）「思いついたのが〝事故物件住んでみた芸人〟です」

× × ×

南「似たような事件を調べては、実際にその物件に住んで生活費を稼ぎつつ、情報を集めるっていうね」

翔太「集めるって、どう集めたんですか？」

南「さすがに食いつくねぇ。過去の殺人事件の資料も調べましたが、一番の情報源は穂香の事件を担当した刑事さんですよ」

翔太「刑事さん？」

南「定年退職してからも事件のことを調べ続けてくれて……。今年の5月くらいだったかな。東京の蔵前にあるマンションで笑う遺体が出たと」

× × ×

［回想 5月・マンション前の路上］

南が電柱の影でタバコを吸いながら、マンションを睨んでいる。

南（声）「下調べをしてるうちに、どんどん人が死んでくから」

× × ×

南「これは絶対何かあると思って、引っ越してきたんですよ」

翔太「…」

× × ×

15分後。翔太と南が床に座って缶ビールを飲んでいる。傍らに乾き物。南の前にはすでに空いた缶が置いてあるが、翔太は缶ビールに手をつけていない。

南　「腑《ふ》に落ちないってどういうことだよ」

翔太　「あなたは芸人としてのネタ探しのために内山の後をつけていた、と言いましたよね？」

南　「はい」

翔太　「つけてただけじゃなく、喫茶店で話をしたことを、どうして隠してたんですか？」

南　「…」

翔太　「警察から聞きました」

南　「あんたも奥さん殺されてる人だから話すけどさ」

翔太　「はい」

南　「内山と会ったのは、黒島沙和を調べるためだよ」

翔太　「黒島ちゃんを？」

南　「高知出身なんだよ、彼女も」

翔太　「え？」

南　「進学のために上京したなら5年前はまだ高知にいたはずだろ。5年前の高知と

このマンション の、どちらにも登場する人物が田宮と黒島だ。十二分に怪しい。
そう思って、黒島の両親にカマをかけたんだよ」

×　×　×

[回想　黒島の病室前・廊下]

警備員姿の南が、病室から出てきた黒島の両親に話しかける。

南「あの失礼ですが、もしかして、高知にお住まいの方ですか?」

黒島父「えぇ…」

南「いや、病室から聞こえてきた訛《なま》りがね、懐かしい感じで。僕も高知なんで」

黒島父「あぁそうですか」

南、ふと病室のネームプレートを見て、

南「あれ?　黒島…?　え、娘さんいらっしゃいます?」

黒島父「あ…はい」

南「これ、偶然重なっちゃうなぁ。5年前の『高知豪雨』あったじゃないですか?
あの時、娘が〝優しいお姉さんに傘借りたがよ〟って帰ってきましてね、その傘に書いてあった名前が『黒島』だったんですよ」

黒島父・母「…（少々困惑）」

南「あの豪雨やったき、貸した方の黒島さんは、ほんならずぶ濡れで帰ったがやろうかとずっと気になっちょって」

黒島母　「あー…、残念やけどうちの子やないです」

南　「あれ、そうなんですか？」

黒島母　「えぇ、あの日は、お昼から来ちょった娘の家庭教師の先生が帰れんなってしもうて」

黒島父　「（思い出し）あったにゃあ、そんなこと。松井先生なぁ」

黒島母　「模試の前やきって、朝まで勉強見てもらったんですよ」

南　「…」

×　×　×

南　「それで黒島さんはないなと踏んで、内山に切り替えたんです」

×　×　×

［回想　黒島の病室前］

内山と黒島の両親が会話している。

黒島母　「こじゃんと助かりました」

内山　「いやぁ、なんちゃあないですよ」

南（声）「内山も高知出身だってことは掴んでましたから」

その脇を南が通りすぎていく。

［回想 ＃17 S25の喫茶店］

× × ×

南（声）「少々手荒に確認しましたよ」

南と内山が向かい合って座っている。

店員がコーヒーを置いて、去っていくところだ。

が、店員が去っても2人は一言も発しない。

内山「意味わかんないんですけど…」

テーブルの下では南が高枝切りバサミを突きつけている。

足下にはハサミを入れて来たボストンバッグ。

南「いいから、さっさと証明してみせろよ」

内山、携帯を取り出し、

内山「あっ…、お母さん？　いや、あのさ、2014年8月2日って、俺、広島のじいちゃん家におったやろ？」

南、携帯を奪い取る。

母親（声）「2014年はあんた高1やね…。あー、豪雨の日やろ？　あんた、おじいちゃん家やったわ。浸水した部屋の掃除の時、おらんかったの、よーく覚えちょるわ。それがどうしたが？」

南、最後まで聞かずに携帯を返す。

内山「…」

南「先だって、諦め切れずに、内山を尾け回してたら、あんたに見つかって、自分が容疑者扱いですよ。情けない」

×　×　×

翔太「…」

南「田宮もシロで、また手がかりがなくなった」

翔太「(南の話に納得して) 僕の妻も、笑っていたことは調べ済みですか?」

南「いや…今、初めて」

翔太「情報を交換しませんか?」

南「…」

7　同・302号室(深夜)

翔太が資料を読んでいる。
内容からして、南から渡された物のようだ。

翔太「…」

［回想＃18 S3］

南「お前が！　うちの娘の名前を口にするんじゃねぇ！」

南がすごい形相で淳一郎を襲っている。

× × ×

翔太「…」

翔太、AI菜奈ちゃんを起動して、

翔太「菜奈ちゃん」

菜奈（AI）「どうしたの？　翔太君」

翔太「犯人見つけたらさ、俺、どうすると思う？」

菜奈（AI）「翔太君は優しい人だよね」

翔太「なにするかわかんなくて、自分が怖いんだよ」

菜奈（AI）「翔太君は優しい人だよね」

翔太「最近、ずっと怒ってるよ」

菜奈（AI）「怒ってても抱きしめる人。それが手塚翔太」

翔太「え…？」

× × ×

［回想＃6 S23］

翔太、朝男を強く抱きしめ、

翔太「菜奈ちゃんを愛してるって言葉の中には、アニキのことも愛するって意味も含まれますからね！」

×　×　×

翔太「あの頃はさ、菜奈ちゃん、生きてたもん」

菜奈（AI）「おじいちゃん、おばあちゃんになっても、一緒にいようね」

×　×　×

［特別編］

翔太「菜奈ちゃんが可愛いおばあちゃんになって、俺がヨボヨボのじじいになって、ドリブルもシュートもできなくなっても、ずっとずっと、一緒にいたい。僕と結婚してください」

菜奈「はい！」

翔太「やったー！」

×　×　×

翔太「…」

8　同・5階廊下～302号室～502号室・南の部屋

南がコンビニ袋を提げて、帰ってくる。

×　×　×

翔太、ソファーに座り、笑顔の菜奈との写真を見ながら泣いている。

×　×　×

南、穂香の写真の前に、買ってきた小さなショートケーキを置き、

南　「…誕生日おめでとう」

9　同・302号室（日替わり・朝）

数時間後。そのまま寝てしまった翔太。
インターホンで起こされる。

翔太　「…？」

10　同・3階廊下（朝）

翔太と黒島が話している。

翔太「どーやんが？」
黒島「昨日、一緒に帰ってきたんですけど、それから連絡取れなくて。ちょっと心配で（と後ろの304を振り返る）」
翔太「寝てるだけじゃないの？」
黒島「最近は必ずおやすみのメールくれてたんで」
翔太「あ…大丈夫だよ…」

と、301号室からゴミ袋を持った尾野が出てくる。2人、自然と尾野の方を見る。

黒島「（何かに気付いて）え…!?、あの！」
尾野「あ、おはようございます」
黒島「（近づいていって）その服…」
尾野「え？」
黒島「二階堂さんのですよね？」
尾野「はい、借りてます」
翔太「えっ？　なんで？」

尾野　「なんでって聞かれても…。あっ…本人に聞いてみます？」
と、ドアを開ける。
翔太　「は？」

11　同・301号室・尾野の部屋・リビング

翔太と黒島がリビングに入ってくる。と、二階堂がソファで眠っている。
タオルケットをかけているが、中は上半身裸。
翔太　「え？（黒島を気にしている）」
黒島　「…」
翔太　「ちょっと、どーやん！（と揺り起こす）」
二階堂、目を覚まして、
二階堂　「…！（翔太に驚き）…⁉（黒島に驚き）…（自分が半裸なことに気付いて、思わず胸を隠す）⁉」
尾野　「おはよう、しーくん」
二階堂　「（改めて状況を確認して）誤解です、説明させてください…」
と立ち上がるが、フラついて倒れてしまう。

翔太　「ちょちょ…どーやん！　…どーやんに何したの？」
尾野　「なにしたとか聞きます？　やらしい」
翔太　「そうじゃなくて！」
黒島　「脱いでください。二階堂さんの服、返して！」
尾野　「大きい声、出せるんだぁ（と脱いで）」
翔太　「とにかく出よう」
翔太、二階堂の腕を取って立たせるが、二階堂は再びふらつき、棚にぶつかる。
はずみで落ちる小物入れ。
中身が散らばる。（303号室の）鍵、第2ボタン、菜奈のボタン…。
尾野　「ちょっと！」
尾野、珍しく慌てて拾い集める。
翔太　「行こう。病院行った方がいいよ」
翔太、散らばったものを一瞥しつつ、二階堂を連れて外へ出ていこうとする。
二階堂　「あの…」
黒島　「（見つめて）信じてます」
一同、尾野の部屋を出ていく。
尾野　「…」

12　同・前の路上（昼）

コンビニから帰ってきた久住。

久住「御苦労様です」

マンション前に停まった覆面パトカーの中の刑事③に挨拶をしながら、敷地内へと入っていく。

水城（声）「久住譲の記憶は、まだ戻らないのか？」

13　すみだ署・捜査本部

水城が中心となって捜査が進められている。

刑事①「注意して見守っています。記憶が戻れば、事故にせよ故意にせよ、自分のすぐ横で人が死んだことを自覚するでしょうから」

×　　×　　×

［フラッシュ］

久住の横で死ぬ朝男。

水城　「例のナイフは？」

×　×　×

［フラッシュ］

久住がナイフで朝男を脅している。

×　×　×

久住　「やらなければ僕がやられます！」

刑事②（声）「久住の指紋が確認されましたが」

刑事②　「被害者の細川朝男には、刃物による傷は確認されませんでしたし、なにより発見場所がエレベーターから遠いという点がいまだに…」

水城　「記憶の回復なんて待ってられねぇな」

×　×　×

14　キウンクエ蔵前・1階エントランス

久住、集合ポストの前で、西村・妹尾・柿沼に呼び止められている。

久住　「はい？」

西村　「〝待ってられない〟と彼女達は言ってるんですよ」

久住「いや、そんなこと言われても…」
柿沼「本当はもう元に戻ってんだろ？」
久住「…」
妹尾「（久住の胸ぐらを掴んで）お前、これから一生、袴田吉彦として生きていくつもりか？　嫌だろ、そんなの」
西村「待って待って、乱暴するのは話が違う…」
柿沼「じゃあ、犯人捜し手伝うなんて言うなよ！」
妹尾「これがあたし達のやり方だから…（柿沼に）ドライバー」
柿沼「前歯ならペンチの方が折りやすいべ」
妹尾「どっちでもいいよ、バカ。（久住に）口あけろよ‼」
久住「ちょっと危ない！　ダメダメ…！」
と、クーラーボックスを持った佐野がやって来る。
佐野「…⁉」
久住「あっ！」

×　×　×

［回想　♯13　S46］
久住上半身だけ跳ね起き、

久住「佐野ぉぉぉぉぉ！！！！」

×　×　×

妹尾「なに見てんだよ！」
西村「あっ、誤解しないでください。あの久住さんが記憶喪失で、ショック療法で思い出してもらおうかなって…」
久住「袴田吉彦です！　助けてください！」
柿沼「あぁ？」
佐野、何も言わずに足早に通り過ぎる。
久住「…あ（去っていく佐野を睨む）」
妹尾「なに睨んでだ、コラ‼」
久住「あ、いや…」

15　同・1階廊下〜エレベーター前〜中

佐野が外階段へ行こうとして、ふと考え直し、エレベーターへ。
外へ連れ出されていく久住の叫び声が聞こえる。
佐野、エレベーターに乗り込む。

ドアが閉まった瞬間、それまでの無表情が一変。

佐野「記憶喪失？」

満面の笑みで、鼻歌交じりに小さくステップを踏む。

16 スポーツジム

休憩中の翔太が、イヤホンをして『内山の動画』を見直している。

内山が喋っている最中、やはり薄く5時のチャイムが鳴っている。

翔太「…」

と、画面に着信のインフォメーションが出る。

二階堂からである。

17 キウンクエ蔵前・304号室・二階堂の部屋

二階堂がＰＣの前で、電話をしている。

二階堂「はい、医者に『睡眠導入剤を飲みましたか？』と聞かれたので、お茶の中に入れられてたんだと思います。…えぇ、もう。あぁ、お借りした南さんの資料ですがＡＩに入力中です。わかりました（電話を切る）」
ＰＣの脇には、翔太から預かった、南の資料。
二階堂、入力を再開しかけて、手を止める。

二階堂「…」

×　×　×

［回想 ＃17 S43］

尾野「見たんです、手塚さんが入院してるとき、黒島さんが…」
二階堂、ぼやける視界の中で、尾野の部屋のカーテンに既視感を抱く。

×　×　×

二階堂「…」
尾野の言葉のその先が思い出せない…。

18　とある公園（夕）

翔太と水城がイヤホンを分け合って動画の確認をしている。

水城「…（チャイムが鳴る）この音ですか？」

翔太「（うなずきつつ、〝静かに〟というポーズ）」

水城　「…？」

翔太　「…（スマホの時計表示を見ている）時間です」

公園にあるスピーカーから、動画と同じチャイムが流れ出す。

水城　「同じメロディだ」

翔太　「確認したら、これは墨田区内でのみ使われているチャイムだそうです」

水城　「でも内山のアパートは…」

翔太　「江戸川区でしたよね？　つまり、この動画は内山の部屋で撮られたものではない可能性が高いです」

水城　「だとすると、墨田区のどこで…？」

翔太　「ちなみに、ウチのマンションからも聞こえます」

水城　「区内全域で聞こえるとは思いますが、解析が進めば、音量等から建物は絞り込めると思います」

翔太　「お願いします」

水城　「私からもひとついいですか？」

翔太　「はい」

水城　「奥さんが生前、最後に電話をかけた場所なんですが」

翔太　「えぇ」

水城「403の藤井淳史の病院のナースステーションなんです。あなたの入院先ではなく。これに心当たりは?」
翔太「いえ、特には…」

× × ×

[フラッシュ #15 S23]
桜木がジムでトレーニングしている。

× × ×

翔太「ただ、藤井さんの彼女が、塩化カリウムについてとても詳しかったんです。看護師だから当たり前だと思ってたんですけど。気になります」
水城「わかりました、調べておきます」
翔太「…」

19 キウンクエ蔵前・403号室・藤井の部屋前(夜)

翔太がチャイムを押して、応答を待っている。
翔太「…(返事がないので、ノックしながら)藤井さーん、桜木さーん!」

20　同・部屋の中・玄関～寝室

藤井が覗《のぞ》き穴から、様子をうかがっている。
翔太は諦めて去っていく。
覗いたまま、ほっとため息をつく藤井。
しかし、すぐに翔太が戻ってきて、ドアをノックする。

翔太（声）「藤井さーん！」
藤井　「え!?」
　藤井、息を殺していると、翔太、今度こそ帰っていく。
桜木　「帰った？」
藤井　「前からしつこいんだよ、あいつ」
桜木　「殺しとく？」
藤井　「（リズムで返事して）うん。いや、殺さない殺さない！」
桜木　「あっ、そう？　でも殺す時は言ってね」
藤井　「うん。えっ？　なにそれ。もしかしてナースのふりしたアサシンかなにかなの？」
桜木　「（携帯を取り出し）アサシン？（と調べ出す）」

藤井「いいよ、調べなくて。冗談だから」
桜木「(検索結果を見て) アサシン…。暗殺者、殺し屋…、え、ひどい」
藤井「だって、簡単に殺すとか言うから」
桜木「それは、先生のことが好きだからでしょ?」
藤井「だからって、簡単に殺すとか言わないでしょ? 普通」
桜木「普通の好きじゃないでしょ? 結婚するんだから」
藤井「結婚?」
桜木「え? この関係、遊びのつもりですか?」
藤井「いやいやいやいや…」
桜木「やっぱ結婚相手には、一生服従して欲しいし。そのためには強烈な弱味を握っておかないとね」
藤井「え… (唖然)」
桜木「ねぇ先生? 私に服従するの嫌?」
藤井「服従したい」
桜木「いいお返事 (と軽くキスをする)」

21　同・302号室

翔太と二階堂が黙々と鍋を食べている。

二階堂「…全部が解決したら」
翔太「ん？」
二階堂「鍋屋でも開いたらどうですか？」
翔太「それだけ美味しいって意味？　やっぱ鍋っていいよね？」
二階堂「あ…沈黙が続いて気まずかったので、適当なことを言いました」
翔太「考えごとしてたんだよ、さっき話したチャイムのこと」
二階堂「僕もあの動画で、ちょっと気になることを発見したんです」
翔太「なに⁉」
二階堂「それが、尾野さんに何か飲まされたせいなのか、思い出せなくて…」
翔太「ねぇ、あの動画がさ、このマンションで撮られたんだとしたら、どの部屋だと思う？」
二階堂「空き部屋の303か」
翔太「内山と知り合いだった黒島ちゃんの部屋か…」

二階堂「それは…どうでしょうか…」

×　×　×

[回想 ♯17 S43]

尾野「本当に黒島さんなんですよ。あの子が手塚さんの奥さんを殺したんです」

×　×　×

翔太「…動画のこと、なんか思い出した？」

二階堂「あぁ、いえ…」

22　スポーツジム（日替わり・昼）

翔太と桜木のトレーニングが終わるところだ。

翔太「はい、ラスト、オッケーでーす。じゃあ今日はここまでということで」

桜木「あー、もう乳酸でまくりです。サボってたツケがきましたぁ。ハァ…」

翔太「そうだ、桜木さんってウチの妻に会ったことってありますか？」

桜木「亡くなられたんですよね。藤井先生から話は聞いてますけど、会ったことは…」

翔太「亡くなる直前に、藤井さんの病院のナースステーションに電話してたらしいんですけど」

桜木　「名前を言ったなら、記録には残ってると思いますよ」

翔太　「あ、それはもう警察が確認済みなんですけど、その電話を受けたのが桜木さんだったりしないかなぁなんて思って？」

桜木　「受けた担当者も記録してるので、私が警察に聞かれてないってことは、別の人だと思います」

翔太　「そうですよね、すいません」

桜木　「いえいえ、こちらこそ、お役に立てず」

　　　桜木、頭を下げて去っていく。

翔太　「お疲れさまでした」

桜木　「…」

　　　涼しげな表情…。

×　　×　　×

［回想＃5 S27／新撮］

菜奈　「シンイーちゃん？　手塚です」

　　　シンイー宅を訪れる菜奈。誰も出てこないが、部屋の中から物音がする。

　　　一方、ドアの内側には、イクバル②③と桜木。

　　　イクバル②が覗き穴を覗いている。

桜木　「…なに？　だれ？（と覗いて）」
イクバル②「最近、引っ越して来た人」
桜木　「あ、そう。そんなのいいから。早く決めよう。（袴田の写真を見せて）薬でも打って殺す？　それともなんか他にいい案ある？」

23　ショーパブ（昼）

淳一郎が一人、神妙な面持ちで考えごとをしている。

淳一郎　「…」

×　×　×

[回想　＃18　S3]

南　「ごめん穂香ぁ。パパまた、間違えちゃった…（淳一郎に）…すいません！」

南、謝りながら泣き崩れる。

×　×　×

淳一郎　「…（ため息）」

×　×　×

［回想 ＃9 S8］

誰かと揉み合う淳一郎。

淳一郎「証拠が…証拠があるんです！」

×　×　×

淳一郎「…誰にだって、親はいるんだよな」

淳一郎、なにやら意を決して、立ち上がる。その瞬間、声がかかる。

声（東）「淳さん！」

見ると、いつのまにか東が立っていた。

淳一郎「東さん」

東「こないだ、奥さん、怖かったです」

淳一郎「あぁ、悪かったね」

東「でも私、淳さんのもっと近くにいたいんです」

淳一郎「嬉しいけど、もう無理になったよ」

東「〝もう無理〟？」

淳一郎「ここしばらく、気付けば、私の本音は全て演技の中にあったように思うんだ。それを現実に解き放たねばならない時が来たようだ」

東「どういう意味ですか？」

淳一郎「君が私なんかを愛してくれたから、私は人が人を愛する尊さを思い出したよ。ありがとう」

淳一郎、少々自分に酔いながら、去っていく。

東「…?」

24　国際理工大学（昼）

黒島が教室移動で歩いている。

と、二階堂を見つけ、

黒島「二階堂さん！」

二階堂「あ…」

黒島「もう大丈夫なんですか？　メールもしたんですけど…」

二階堂「うん、大丈夫、ありがとう」

黒島「今日、お昼、一緒にどうですか？」

二階堂「あぁ…今日は、研究室で、ちょっと…」

黒島「ちょっと？」

二階堂「うん、ちょっと。ごめん、じゃあ」

二階堂、そそくさと去っていく。

黒島「…」

25 キウンクエ蔵前・外観（夜）

26 同・3階エレベーターホール～廊下

翔太がエレベーターから降りてきて、廊下を歩いている。

301号室の前を通りかかった時、部屋の中から尾野の声が聞こえる。

翔太「…？」

尾野（声）「えー本当、しーくんから来てくれるなんて嬉しいです」

翔太、ドアに耳をつける。

二階堂（声）「迷惑じゃないですか？」

尾野（声）「全然。全然！」

翔太「どーやん？」

と、黒島から着信が。

27　同・302号室／202号室（適宜カットバック）

翔太が302号室に入りながら電話している。
黒島は202号室でソファーに座りながら電話している。

黒島「そんなことが続いて、私の思い込みかもしれないんですけど、二階堂さんに避けられてるんじゃないかって…」

翔太、寝室の壁に耳を当てて、301号室の声を聞こうとして、黒島の言葉を聞き逃した。

黒島「翔太さん？」
翔太「……（電話口に）え？」
黒島「二階堂さんから、なにか私のこと聞いてます？」
翔太「いやー、何も聞いてないかな（右胸掻《か》きつつ）」
黒島「じゃあやっぱり尾野さんのことが好きなんでしょうか」
翔太「いやいやいや…。（掻きむしる）そ、そんな、こと…、ありえないよ」
黒島「…すいません、変なこと聞いて」

×　　×　　×

（以降、302号室・リビングのみ）

翔太がソファーに座ってＡＩ菜奈ちゃんと会話している。

翔太「黒島ちゃんに嘘をついてしまった」

菜奈（ＡＩ）「嘘はダメだよ」

翔太「だよね…。傷つけないための嘘でも？」

菜奈（ＡＩ）「嘘はダメだよ」

翔太「いや…嘘っていうかさ」

菜奈（ＡＩ）「嘘はダメだよ」

翔太「（ちょっとムッとして）でも菜奈ちゃんだって、嘘ついたことあるでしょ？」

菜奈（ＡＩ）「…」

翔太「おっ、黙秘だ。嘘っていうか…。あっほら僕に内緒でさ、パズル完成させてくれたじゃん」

菜奈（ＡＩ）「パズル、壊したでしょ」

翔太、パズルの前に移動して、

翔太「壊したけど、菜奈ちゃんが直してくれたの。ありがとね」

と、アプリの菜奈に、パズルを見せる。

翔太「ん？」

翔太、ひとつだけ色が違うピースを見つける。
翔太、額を外そうと手を伸ばした瞬間、インターホンが鳴る。

28 同・2階エレベーターホール〜エレベーターの中

黒島が二階堂の部屋に向かうため、エレベーターを待っている。
ドアが開くと、久住が乗っていた（壁を撫でている）。

久住「あぁ…」
黒島「…!」
久住「あっ!」
黒島、乗り込んで、
黒島「体調、大丈夫なんですか?」
ボタンを押す。
久住「えぇ…。あぁ、いや、その…住人の方ですか?」
黒島「あっ…そっか」
久住「…（少しずつ距離を取る）」
黒島「あの…」

久住　「はい」

黒島　「久住さんのお部屋は1階ですよ」

久住　「あっ、はい、ありがとうございます」

3階に着き、黒島が降りる。

久住　「…あのぉ」

黒島　「はい？」

久住　「…いえ」

黒島、会釈をして去っていく。

久住、〝閉〟ボタンを連打する。と、ドアが閉まる瞬間、黒島が振り返った。

久住　「…ハァ…」

すぐにドアが閉まったので、黒島が振り返った意図がわからない。

久住、すごい汗をかいている。

29　同・302号室

翔太と二階堂が会話している。

翔太　「どういうこと？」

二階堂「（嬉々として）動画について気になることを発見した気がするのに思い出せないって話したじゃないですか？」
翔太「うん」
二階堂、内山の動画をＰＣで見せる。
二階堂「これが、内山の動画が撮られた部屋です。そして」
二階堂、携帯を取り出し、写メを見せる。
二階堂「これが、今、撮ってきた、写真です」
翔太「えっ？」
二階堂と尾野の自撮り。
顔は半分くらいしか写っておらず、後ろのカーテンが大きく写っている。
二階堂「かなり見づらいですが、このカーテンの柄、一緒じゃないですか？」
翔太「えっ？（真剣に見ている）」
二階堂「…（勘違いして）あっ、あのこれは写真を撮るために仕方なく」
翔太「わかってる。内山の動画が撮られたのは尾野さんの部屋ってこと？」
二階堂「その可能性は高いですね」
翔太「どーやん、ありがとう‼」
翔太、いきなり二階堂を（やや特徴的に）抱きしめ、頬にキス。

二階堂「⁉」
翔太「ごめんね。危険な日に遭わせて」
二階堂「ああ、いえ…（さりげなく頬を拭く）」
翔太「やっぱ尾野さん普通じゃないよ」
二階堂「（犯人は黒島じゃなかった、とホッとして）…ですよね」
翔太「塩化カリウムにも詳しかったし、…動機も」

× × ×

［回想 ＃7 S28］
尾野「こういう捨てられ方した時の私、怖いから」

× × ×

翔太「まさか、俺のせい…？」
二階堂「とにかく、分析を進めますね」

30 同・304号室前廊下

二階堂が翔太の部屋から出て来る。と、黒島が304号室のドアの前に立っていた。
二階堂「あっ」

31　同・304号室・二階堂の部屋・リビング

黒島と二階堂が会話している。

黒島　「だから、避けられてるのかなって思って」

二階堂　「違うよ。その…ちょっと確かめたいことがあって。そのことで頭が一杯だったんだと思う。ごめん」

黒島　「謝って欲しいわけじゃないんです」

二階堂　「じゃあどうすれば…」

黒島　「…（目で訴える）」

二階堂　「…（察する）」

二階堂、そっと黒島に近づくが、どう触れていいかわからない。

二階堂　「…」

×　　×　　×

[フラッシュ]

先ほどの、翔太にされたキス。

×　　×　　×

二階堂、翔太を参考に黒島を抱きしめ、頬にキスをする。
そして、そっと離れようとする。
黒島、二階堂の手を取って、

黒島「それで、おしまいですか?」

二階堂「えっ?」

二階堂、少々、雄になって黒島にキスをする。
PCはちょうど〝黒島沙和〟を分析している…。

32 同・302号室

一人になった翔太が尾野について振り返っている。

翔太「…」

[フラッシュ]
尾野との楽しい(?)思い出。様々なプレゼントをくれる尾野。

×　×　×

翔太「…」

×　×　×

［フラッシュ］

尾野の危ない行動。
ガードレールに鞄をぶつけながら走り去る。
菜奈の前で抱きついてくる。
瓶詰めの涙を掲げる。
部屋の中に侵入している。

× × ×

翔太「…」

× × ×

［回想＃18 S11］

尾野の部屋で二階堂が寝ている。
二階堂を連れ出そうとして、箱を落とす。
散らばるボタン…。

× × ×

翔太「…！」

翔太、見つけた、ボタンのない菜奈の服を思い出し、クローゼットを開ける。

服を手に取り、尾野がボタンを盗ったことを確信する。
が、意図がわからない。

翔太「でも、何のために？」

33 同・外観（日替わり）

34 同・103号室・淳一郎の部屋

君子が出かけようとしている。

君子「行ってきますね—、お昼適当にお願いします」
と、鞄を持った淳一郎が現れ、

淳一郎「君子…。（とても穏やかに優しく）駅まで送ろうか」

君子「（訝しがって）なんですか、急に」

淳一郎「いや、別に。ただ、お前と歩きたくなっただけだ」

君子「…（照れ笑いの表情に変わって）そんなこと言ってくれるの、何十年ぶりですか」

淳一郎「何十年ってことはないだろ」

君子「私への償いですか？」

淳一郎「償わせてもらえることは、すべて償いたいよ」
君子「…」
淳一郎「よし、急ごう」
君子「え、えぇ」
淳一郎「これから大事な本番なんだ」
君子「…?」

35　立ち食い給食3年C組・フロア

シンイー、柿沼、妹尾がランチの客をさばき終わり、一段落ついている。
柿沼と妹尾が2人でヒソヒソ話していて、シンイーはいつもの疎外感。
柿沼「でも久住は警察が監視してるからよぉ、あんまり強引だと」
妹尾「歯、折りかけても警察にも言わなかったろ? その時点でやっぱやましいことあんだよ」
シンイー「…」
シンイー、ひとり、事務所へと向かう。

36　同・事務所

シンイーが事務所のドアを開ける。

シンイー「社長さーん…」

西村「ちょっと開けないで」

西村が慌てて読んでいた本を閉じる。

シンイー「あ、すいません…」

シンイー、表紙の『キウンクエ蔵前　管理人日誌』という文字が目に入る。

が、西村、すぐに机の鍵付きの引き出しに入れてしまった。

西村「なに？」

シンイー「休憩なんでコンビニ行ってもいいですか？」

西村「どうぞ」

シンイー、なにか言いたげにその場を去る。

37　キウンクエ蔵前・5階外階段（夕）

階段で、木下と蓬田が話している。

蓬田「いくらあかねさんでも、スペアキーは貸せません」
木下「前は貸してくれたじゃん」
蓬田「1回くらいはそりゃ貸しますよ。でも繰り返してたら、捕まりますって」
木下「お前の愛情はその程度なの？」
蓬田「スペアキー、貸す貸さないで、俺を試さないでください！」

38　同・1階エレベーターホール

翔太が仕事から帰ってくる。
と、泥だらけの長靴の佐野がエレベーターを待っている。
佐野「…（翔太に気付き、会釈）」
翔太「え…？」
翔太「話するの初めてですよね？」
佐野「はい」
翔太「ずっと聞きたかったんです。以前、あなたが捨てた、血のついたタオルについて」
佐野「タオル？」

39　同・外階段

木下と蓬田の会話が続いている。

木下「どうしてわかんないかな。これをキッカケに、すごい本が書けるかもしれないんだよ?」

蓬田「俺は、すごい本とか関係なく、あかねさんのこと好きですから」

木下「そこ〝関係なく〟とか言っちゃったらさ、それはもう私じゃなくてもいいんじゃない?」

蓬田「顔と性格と…身体が好きなんで。正直アラフォーの売れないライターの表現欲求とか、興味ないっす」

木下「ひどいこと言うね」

蓬田「気付いてますから。こうやって利用するために〝管理人〟の俺が必要だっただけでしょ?」

木下「ばれてたか、ごめん。でも、最初は利用するつもりだったけど、今はその…本気で蓮太郎のこと好きで、…だから私の全てを好きになって欲しいよ」

蓬田「…」

木下、抱きつく。

蓬田「あかねさん…（と抱きしめ返す）」

が、木下は、蓬田に見えない角度でニヤリと笑う。

40 同・1階エントランス

翔太と佐野が会話中。

佐野がアイスカービングの工具を見せている。

翔太「これで、氷削るんですか？」

佐野「あ…はい。不注意で怪我して、血が出ることもあります」

翔太「…」

と、エレベーターが着き、佐野が乗り込む。

続けて翔太も乗ろうとすると、久住が突進してくる。

久住「佐野ぉぉぉぉ！　やぁー！」

佐野「おぉー！」

久住、翔太の脇を通り過ぎ、佐野にタックル。

佐野、エレベーターの壁に激突する。

翔太　「ちょちょ…何、何…？」

久住　「おらぁ！　おら！　お前ー！」

久住、佐野の両脚を掴んで、エレベーターから引きずり出す。

翔太　「久住さん！　何、何、何…！　ちょっと！　久住さん！　何して…何してんの！」

翔太、久住を押さえようとする。

はずみで翔太と久住、倒れる。

久住　「てめぇはアンジェリーナに乗るなって言ったろ！」

佐野　「（はいつくばって逃げて）すいません！　ごめんなさい！」

久住　「また変な内蔵汁、撒《ま》き散らすつもりか！　おい！」

佐野　「俺あれから、ずっと階段使ってたんですから！」

久住　「じゃあ今のはなんだよ！」

佐野　「今は…久住さんが記憶喪失になったっていうから、使ってもいいかなって…」

久住　「…！（しまったと思い、翔太を見る）」

翔太　「え…久住さん？　もしかして…。え？」

久住　「えー…（言い訳を探すが観念して）はい！　ただ今、記憶が戻りました！　袴田吉彦改め、久住譲です」

翔太　「よかったぁ！」

と、抱きしめる。

久住　「うわ、ちょっ…（苦笑い）」

その隙に、佐野は外階段へと逃げていく。

41　同・501号室・佐野の部屋前

木下がスペアキーでドアを開けている。

蓬田　「今回だけっすからね」

木下　「はーい」

と、2人、ドアを開けて、中へ。

蓬田　「おじゃまします」

暗い廊下を恐る恐る進む。

と、廊下にボロボロのぬいぐるみ。

（＃1と同じような種類の）

蓬田　「わっ！　え、なにこれ」

木下、構わず進み、リビングの扉を開く。

蓬田　「わっ！　肉…」

蓬田　と、目の前のダイニングテーブルの上に、人間大の肉塊と、血だらけの肉切り包丁が数本。
蓬田　「ちょっと、ヤバいっすって、もう」
その奥のリビングに、肉片が入ったトロ舟が見える…。
木下　「うわっ！　もっと…すごい…。　もう帰りましょう？　ヤバイから、もう…」
と、部屋の隅からズズズ、と何かが動く音…。
「…えっ⁉」
蓬田　現れたのは、体長２ｍの巨大なワニ。
「ぎゃぁぁあぁあ！　あっ、あっ…！」
佐野　「本山幹子さん！」
と、佐野がものすごい勢いで部屋に駆け込んできた。
木下　「えっ、ちょっと…ちょっと、これどういうこと⁉」
蓬田　「ここペット禁止ですよ！　しかもこんな大っきなワニ！」
佐野　「シッ！　この子、頭いいんで。ちゃんと名前呼んであげないと、噛まれますよ
（と手の古傷を見せる）ほら！」
蓬田　「えっ、名前？」
佐野　「本山幹子さんです」

蓬田「本山？」
佐野「フルネームで呼んであげてください」
蓬田「は？」
木下「この本山幹子さんに、殺した死体を食べさせて証拠隠滅してたとか？」
佐野「（純粋におどおどして）死体？」
木下「なさそうですね…」
佐野「これ、友人から預かってるだけなんで、強制退去だけは…」
蓬田「そんな心配するなら、最初から飼わなきゃいいでしょ！」
佐野「こんな大きくなるとは思わなかったんですよ」
木下「食肉加工の工場に出入りしてたのは何だったんですか？」
佐野「あの…餌代がすごいかかるんで、クズ肉流してもらってたんです。たまに腐らせちゃって、山に捨てにいくぐらい量、もらってました」
木下、ガックリと膝を折るが、
木下「あぁくそ！（と立ち上がると気持ちを切り替え）…もっと、ゴミの扱い方が上手になるといいですよね。よかったら」
木下、鞄から『ゴミソムリエの資格を取ろう』の本を取り出し、佐野に渡すと、部屋を出ていく。

蓬田「え？　え？　もういいんですか？」
木下「こんな結末じゃ、本、売れないでしょ？」
木下、今まで見せたことないほどの落ち込み具合。
蓬田「いや、まぁ…ドンマイっすよ」
蓬田、木下の肩を抱きながら去っていく。

42　とある建物の裏

妹尾と柿沼がキョロキョロしながらやってくる。
と、ベンチの翔太と久住を見つけ、
翔太「あぁ…カッキー！」
柿沼「あっ！」
妹尾と柿沼が駆け寄り、
柿沼「元に戻ったってまじっすか？」
翔太「うん。それで、浮田さんのこと、聞こうと思って」
妹尾・柿沼「(うなずく)」
久住「いや、みなさんのためにも知らない方がいいと思いますよ」

翔太　「何人も殺されてるんですよ？　事件を解決しようとは思わないんですか？」
妹尾　「そうだよ、こら」
翔太　「それとも、あなた自身の罪を隠すために、黙ってるつもりですか？」
久住　「…」

×　×　×

［フラッシュ］
久住が朝男を突き落とす。

×　×　×

久住　「あれは、…事故ですから。言いたくないのは、その…。浮田さんが、真犯人を突きとめてしまったから、殺されたと思ってるからです」
妹尾　「だから、誰なんだよ！」
久住　「言ったら、僕も殺されちゃいますよ。この中にだって、犯人の仲間がいるかもしれませんし」
柿沼　「はぁ⁉」
翔太　「理解できません。殺されるのが怖いという理由なら、なおさら警察に伝えるべきです。それをしないのは、やはりあなた自身の罪がばれるのが嫌なんじゃないんですか？」

久住　「…」

翔太　「自分の身を守って、なおかつ浮田さんの仇を討るには、警察に捕まることです。…自首してください」

久住　「…わかりました」

そんな会話をしている4人を物陰から見ている視点…。

43　キウンクエ蔵前・304号室・二階堂の部屋

二階堂が一心不乱にPCにデータを打ち込んでいる。脇には、南から借りた5年前の事件資料と住民達の資料など、段ボールもいくつか。

44　すみだ署・捜査本部（夜）

水城の所に、刑事①が解析班を連れてやってくる。

刑事①　「水城さん！」

水城　「どうした？」

刑事①　「内山の動画なんですが、ちょっと見てもらえますか？」

水城、ヘッドホンをつけ、ＰＣを覗き込む。画面は映らない。

刑事①「手の込んだことしてますが、彼らが突きとめてくれました」

水城「…（じっと画面を見つめている）」

と、そこへ刑事②が入ってきて、

刑事②「水城さん！」

水城「今度はなんだ？」

45　キウンクエ蔵前・前の路上

翔太・妹尾・柿沼が帰ってきた。覆面パトカーの中から刑事③が、

刑事③「あの、すいません、久住さんは一緒では？」

翔太「記憶が戻ったらしく、警察に自首しに行きました」

46　すみだ署・会議室

水城が、訪問者の応対をしている。

訪問者の顔はまだ映らない。

水城「自首をされる、ということでいいですか？」
男「はい」
水城「本当に、人を殺したんですね？」
男「はい」
初めて映る訪問者の顔。
それは久住…、ではなく淳一郎だった。
水城「…（気味悪そうに、淳一郎を見る）」
淳一郎、猟奇的な笑みを浮かべている。
まるで一連の笑う遺体の事件の犯人のよう…。
淳一郎、持ってきたカバンの中から、ＳＤカードを取り出し机の上に置く。

47　キウンクエ蔵前・３０４号室・二階堂の部屋

翔太と二階堂が鍋を食べている。
ＰＣの画面ではＡＩが分析を続けている。
二階堂「尾野さんがボタンを？」
翔太「うん。でもなんで服のボタンだったんだろうって」

二階堂「猟奇殺人犯は、犯行の記念品をコレクションする傾向があります」
翔太「そっか…（PCを振り返って）時間かかるね」
二階堂「南さんからお借りした資料がかなりの量でしたから。穂香ちゃんの事件以外にも、類似事件のデータもあったので、全て入力して分析させています」
翔太「なんか、男らしくなったよね」
二階堂「は？」
翔太「なんかあった？」
二階堂「…」
翔太「うわぁ、清らかなカップルだと思っていたよ」

48　歩道橋／藤井の病院・廊下（適宜カットバック）

残業中の藤井と久住が電話している。
藤井「なんだよ、どういうことだよ！」
久住「ですから、藤井さん達のことは言わないので安心してください！」
藤井「自首するってこと？」
久住「はい。それが一番いい選択だと気付いたんです。…消去法で」

藤井「いやいや、でも…」
久住「信じてください！」
藤井「俺、他人を疑ってばかりの人生だったからさぁ…」
久住、歩道橋の階段を下りだす。
久住「大丈夫ですって。あっ、それか、藤井さんも一緒に自首します？　なんか、決断してから、すごいスッキリした気分になって…」
と、久住、急に脇腹にチクリと痛みを感じる。
久住「痛っ！」
見ると注射器が刺さっている。
久住「えっ？」
注射器をグッと押される。
身体に液体が注入されていくのが見える。
声「地獄で袴田吉彦が待ってるよ」
久住「ちょっと…」
と、振り返って相手の顔を見て、驚く久住。
久住「あっ！」
が、そのまま階段から思い切り突き落とされる。

久住　「うわぁー！」

道に転がった久住の携帯から声が聞こえる。

藤井（声）「ちょっと久住君！　聞いてる？　久住君、もしもーし。久住君、ちょっと！」

階段から下りてきて、その携帯の通話終了ボタンを押したのは、
サングラスをした桜木だった…！

49　キウンクエ蔵前・３０４号室・二階堂の部屋

二階堂「なにもありませんよ」

と、ＰＣから分析終了の音が。

翔太と二階堂、お椀を持ったまま、ＰＣの前へ。

翔太　「何でだよ、青春じゃんか。いいなぁ」

二階堂、翔太を無視してエンターを押すとモニターに分析結果が出る。

モニターには『Ｍａｔｃｈ　89％　黒島沙和』と表示されている。

翔太　「え…？」

と、インターホンが鳴る。

50　同・304号室前

部屋の外では、黒島が立っている。

声　「(モゴモゴと) 黒島さん」

驚いて振り返る黒島。

黒島　「尾野さん?」

背後に尾野が立っていた。

尾野、一間あって、口から緑色の液体を吹きかける。

【#19に続く】

あなたの番です

第19話

#19

1　前回までの振り返り

翔太（N）「知らない間に行われていた交換殺人ゲーム」

前半シーズンで殺された人達が次々と映し出される。

×　×　×

×　×　×

［回想　＃10　S56］

菜奈、穏やかな微笑みをたたえたまま、黙っている。

翔太（N）「その中でも、笑顔で殺されていた菜奈ちゃんや」

×　×　×

翔太（N）「赤池さん、浮田さん、児嶋さん、神谷さん」

［インサート　赤池夫婦の死体］

［インサート　浮田の死体］

［インサート　佳世の死体］

［インサート　神谷の死体］

翔太（N）「そして…、甲野さん」

［インサート　甲野の死体］

×　×　×

［回想　＃16　S51～＃17　S2］

翔太（N）「それらの殺害を死んでから告白した内山達生という男」
ダーツの矢が数本、内山の胸に刺さる。

×　×　×

［回想　＃18　S29］

翔太「内山の動画が撮られたのは尾野さんの部屋ってこと？」
二階堂「その可能性は高いですね」

×　×　×

［回想　＃18　S5］

南「穂香も笑ってたんです」

×　×　×

［回想　＃18　S6］

翔太（N）「また、南さんのお子さんも同じような殺され方をしていたことがわかり…」
南「5年前の高知とこのマンションのどちらにも登場する人物が田宮と黒島だ」

×　×　×

［回想 ＃18 S48］

藤井「自首するってこと？」

久住「すごいスッキリした気分になって…痛っ！」

と、久住、急に脇腹にチクリと痛みを感じる。見ると注射器が刺さっている。

桜木「地獄で袴田吉彦が待ってるよ」

そのまま階段から突き落とされる。

久住「うわぁー！」

藤井（声）「久住君！ 聞いてる？ 久住君！」

サングラスをとる桜木。

× × ×

［回想 ＃18 S46］

水城「本当に、人を殺したんですね？」

淳一郎「はい」

翔太（N）「いろいろな出来事が」

× × ×

［回想 ＃18 S31］

二階堂、少々、雄になって黒島にキスをする。

PCはちょうど〝黒島沙和〟を分析している…。

翔太(N)「それぞれの場所で…」

× × ×

[回想 ＃18 S49]

と、PCから分析終了の音が。

翔太「…え?」

翔太(N)「終わりに向けての展開を見せていた」

モニターに分析結果が出る。

『Match 89% 黒島沙和』と表示されている。

二階堂「…!」

と、インターホンが鳴る。

2 キウンクエ蔵前・304号室・二階堂の部屋(＃18の続き)

翔太がインターホンのモニターを見ると、黒島が映っている。

翔太と二階堂、顔を見合わせる…。

翔太「正直に伝えるよ」

二階堂「…」
と、モニターの中の黒島が横を見る。
翔太・二階堂「…？」
尾野（声）「黒島さん」

3　同・3階廊下・304号室前（♯18　S49）
尾野が黒島に話かけたところだ。
黒島「尾野さん…？」
尾野、一間あって、口から緑色の液体を吹きかける。

4　同・304号室・二階堂の部屋
黒島（声）「あっ…！」
モニターの中に一連のことが映っている。
翔太・二階堂「…⁉」
2人、慌てて玄関へ。

5　同・3階廊下・304号室前

液体を避けようとした黒島が倒れている。

尾野「ごめんねぇ」

ドアが開き、翔太と二階堂が現れる。

二階堂「なにしてるんですか⁉」

尾野「あの、しーくんに会うから、ブクブクしてたら…」

×　　×　　×

［回想　301号室・玄関］

尾野、口臭ケアのボトルを持ちながら、覗き穴から廊下を見てる。

尾野（声）「黒島さんが通るのが見えたから」

×　　×　　×

翔太「なんで覗いてたの？」

尾野「怖い事件いっぱい起こってますから、気になって見ちゃいますよ」

二階堂「洗ってきて」

黒島、うなずいて部屋の中に。

二階堂　「わざとですよね?」
尾野　「(ブンブンと首を振り)　しーくんを守りたかっただけだよ。話したでしょ?　黒島さんが…」
二階堂　「(慌てて遮り)　とりあえず!　部屋に戻って」
尾野　「えー…」
二階堂　「(翔太を向いて)　黒島さんをお願いします」
翔太　「うん…」
二階堂、尾野の腕を取って、301号室へ連れていく。
尾野　「えっ、えっ、何?」
翔太は部屋の中へ…。

6　同・304号室・二階堂の部屋

翔太がリビングへ戻ると、黒島がPC画面を凝視していた。
画面には分析結果が表示されたまま。
翔太　「あ…」
黒島　「…」

翔太「前に〝解決のためなら疑われてもいい〟って言ってたから、遠慮なく疑うよ、ごめんね」
黒島「2人とも、私を犯人だと思っているんですか？」
翔太「あ…えっと…」
いつのまにか二階堂が戻ってきていた。
二階堂「そんなことないよ」
翔太「…」
二階堂「AIは、総一君や西村さんのことも犯人の可能性に上げてましたから。…まだ頼りないんだ。ごめんね」
翔太「…」

7 夜の道

倒れたままの久住。まだ息はある。
桜木「…」
桜木、注射器を回収しようと久住に近づく。
が、そこに若いカップルが通りかかる。

カップル女「あっ、なんか、倒れてない？」
カップル男「え？」
カップル女「ほら」
カップル男「大丈夫かな？」
桜木「…！」
　桜木、回収を諦めて逃げ出す。
　カップル、久住に近づき、
カップル女「ちょっと…」
カップル男「大丈夫っすか？　しっかりして」
　久住、意識朦朧《もうろう》としながらも、去っていく桜木の背中を見ている。

8　キウンクエ蔵前・304号室・二階堂の部屋／すみだ署・会議室前

　翔太、黒島、二階堂の会話が続いている。
翔太「…俺は、黒島ちゃんが怪しいと思ってる」
黒島「そう思いますよね…」
翔太「ゲームの参加者で、みんなの紙の流れも把握していて、高知の出身で、内山と知り合いで、…それに〝主人公の近くに最初からいたいい子〟が真犯人って、ミステリーの王道なんだよ」

二階堂「でも黒島さんにはアリバイがあるって、警察は言ってるんですよね？」

翔太「でも実行犯じゃなくても…」

二階堂「（遮って）僕を主人公だと仮定したらどうなりますか？」

翔太「え？」

二階堂「とある大学院生が、安い家賃につられて引っ越してきたマンションは、殺人事件が頻発する恐怖のマンションだった。怪しい住人だらけの中で、〝主人公の近くに最初からいたいい人〟は、誰だと思いますか？」

翔太「…」

二階堂「僕に、最初に近づいてきて、毎晩ご飯も作ってくれて、恋愛相談も乗ってくれたいい人。…手塚さん、あなたです」

翔太「俺？」

二階堂「例えば、の話です。僕は尾野さんが怪しいと思ってますから」

翔太「じゃあ俺を怪しいみたいに言うなよ！」

二階堂「ただ、尾野さんと手塚さんは似ています。距離感を間違えた人との接し方、物で僕を釣ろうとする点、変なあだ名をつけるのも同じです。どーやんとかしーくんとか何なんですか！」

翔太「もう、どーやんって呼ばないよ」

二階堂「忘れないでください。黒島さんは、ホームから突き落とされたんですよ？」

翔太「…（黒島に）ごめんね（と断って）、（二階堂に）自分をシロに見せるために、わざと落ちたのかもしれない」

二階堂「電車が迫ってくる線路にですか？　たまたま助かったけど、普通だったら確実に死んでますよ。それに、自分から落ちたんじゃなくて、押されたんですよ？警察も防犯カメラに押した手が映っていたと」

×　　×　　×

［フラッシュ　駅のホームの防犯カメラ映像］
人物は柱で見えないが、押した手が映っている。

×　　×　　×

翔太「黒島ちゃんのことかばいたいだけでしょ？」

二階堂「冷静に分析した結果です」

翔太「どーやんの分析じゃん！」

二階堂「どーやんって呼ばないんじゃないんですか？」

翔太「ＡＩが…」

黒島　「2人とも落ち着いてください」
翔太　「AIの分析が黒島ちゃんなんじゃんか！」
二階堂　「でも、まだ確実じゃありませんから！」
と、翔太のスマホが鳴る。
翔太、出ないで切ろうとするが、画面を見ると水城からだ。
以降、すみだ署・会議室前の廊下の水城と適宜カットバック。
翔太　「はい」
水城　「すいません、田宮淳一郎さんについて、いくつか確認したいことがありまして、ご協力願えますか？」
翔太　「あの…後でもいいですか？」
水城　「できれば今！　その、実は…田宮淳一郎さんが人を殺したと言って自首してきましてね」
翔太　「田宮さんが!?　誰を？」
水城　「それが…（オフで波止陽樹の名前を伝える）」
翔太　「…！」

タイトル
『あなたの番です-反撃編-』

9　藤井の病院・外観（日替わり）

10　藤井の病院・診察室

藤井と桜井が会話している。

藤井「やっちゃったの!?」
桜木「逃げるのに精一杯で、注射器も残してきちゃった」
藤井「どうするのよ、もう…」
桜木「どこの病院に入院しているか調べられないですよね？」
藤井「調べてどうするの？」
桜木「トドメを刺しにいかないと」
藤井「ダメダメダメ、ダメだって！」
桜木「でも先生、捕まっちゃう！」

藤井「まずは自分の心配しよう」
桜木「そっか。でも、いざとなったら…」
藤井「何？」

11　警察病院・久住の病室

意識不明の久住が眠っている。

12　すみだ署・取調室

水城と刑事②が淳一郎の話を聞いている。

水城「では改めてお話をお聞きしたいんですが」
淳一郎「…男は！　昭和と令和の時代のはざまに嵌《は》まり込んでしまったかの如く、右往左往の果てに、己の暮らしを振り返り…」
水城「そこは昨夜も聞きましたので」
淳一郎「刑務所に入ったら、こういうのもできなくなりますから。最後の大舞台と思って…」
水城「（無視して）持参された映像について…」

淳一郎「刑事さん！」

水城「田宮さん！　…あなたが自首しようとした動機を思い出してください。私に芝居を見せるためですか？」

淳一郎「…」

水城「では、あなたの撮った映像を、一緒に確認していきましょう。（刑事②に）202号室から黒島沙和が逃げ出してくるやつを」

刑事②、映像の準備を始める。

×　　×　　×

13　キウンクエ蔵前・302号室

翔太と二階堂が会話している。2人の関係はややぎこちないまま。

翔太「警察の捜査では、早川教授に電話したのはやっぱり内山だったって」

［国際理工大学・キャンパス］

水城と刑事③が、宇田雫たちに話を聞いている。

宇田「…あーでも、確かにニヤケユウジ、最近イライラしてたかも」

水城「なんでイライラしてたかわかる？」

寝ぼけ友人「大好きな子に新しい彼氏ができたからでしょ？」
宇田「数学科のな。二の腕、出しがちガールな」
翔太（声）「どーやんに嫉妬してたのは確かみたい」

× × ×

二階堂「盗聴でゲームのことを知っていた内山は、早川教授を利用して黒島さんを駅におびき出した……」

× × ×

［回想 ＃14 S41］
黒島「なんか急に早川教授から呼び出されちゃって」

× × ×

翔太「早川教授って、誰かに狙われたりしてたのかな？」
二階堂「僕もなにかわかるかと思って、会ってきましたけど、ここ数か月、危険な目に遭うようなことはなかったそうです」
翔太「じゃあやっぱり、黒島ちゃんが『早川教授』って書いたのが嘘なんじゃない？書いたのは、DV彼氏の波止で」
二階堂「嘘をつくメリットは？」
翔太「ん…（思いつかない）」

二階堂「波止が殺されて、次は自分が脅迫されるのが怖かったから、ですかね？」

翔太「…（またかばってる…、と思ってしまう）」

と、翔太の携帯に南からメールが。【今から伺ってもいいですか？】

翔太「…？」

14　すみだ署・取調室

淳一郎と水城がＰＣで映像を見ている。

×　　×　　×

［監視カメラ映像］

２０２号室から飛び出してくる黒島。

水城(声)「男の方は、黒島沙和の当時の彼氏、波止陽樹であることは確認済みです」

後を追って、波止が出てきて、波止、黒島を捕まえると、壁に投げつけ、倒れた黒島の髪を掴んで、引きずるようにして部屋に連れ戻す。

×　　×　　×

淳一郎「…（改めて怒りに満ちた表情）」

水城「…他にも、同じような行為が映っている部分が7か所ほど、ありました」

淳一郎「ええ」

水城「これらの映像を見たあなたは」

×　×　×

[回想 #3 S48]

淳一郎、怒りの表情で映像を見ている。

水城(声)「義憤に駆られ、黒島を助けようと思った」

×　×　×

淳一郎「はい。それで後日、この男の後をつけました」

×　×　×

[回想 江戸川の河川敷]

波止に声をかける淳一郎。淳一郎、スマホで映像を見せながら、注意を始める。

淳一郎「これ、あなたですよね?」

波止はヘラヘラと聞いている。

淳一郎(声)「最初は注意で済ませるつもりでした」

×　×　×

淳一郎「しかし、彼に反省する素振りが全くなく、次第に私の方が感情的になってしまって」

［回想 ＃9 S8］

　　　　× × ×

波止と揉み合う淳一郎。

淳一郎「…証拠が！　証拠があるんです！」

水城「凶器はその場で調達したんですか？」

淳一郎「えぇ」

　　　　× × ×

［回想］

波止、淳一郎を押し倒し、

波止「あぁ…！　あんた！　頭おかしいよ！　盗撮までして他人のプライベートに口出してよぉ」

淳一郎「…」

波止「社畜が当たり前の世代だもんな。退職したら暇すぎて、正義の味方ごっこか？　おめぇみてぇな中年クレーマーが、社会問題になってんだぞ？　気付けよ！　害虫！」

波止、そう言い放って去っていく。

淳一郎、思わず近くの石を掴んで、波止を追いかけていく。

×　×　×

淳一郎「気がついたら、血がついた石を持って、河原を一人で歩いていました。自分がなにをしてしまったのか、無我夢中でわからず…、ただただ寝込んでいましたが…」

×　×　×

[回想　#4　S30]

君子「その年で、引きこもりなんて困りますよ！」

君子、呆れつつ、軽食と新聞を置いていく。

淳一郎「…」

淳一郎、飛びつくように新聞を手に取る。

淳一郎(声)「新聞で、波止君の死亡と、犯人の手かがりが掴めていないことを知りました」

×　×　×

淳一郎「それでも、いつかは捕まるだろうと思っていましたから、やり残したことをやりきろうと、若い頃の夢だった演劇に打ち込む日々を過ごしていましたが…」

水城「夢を叶えたから自首したと？」

淳一郎「いえ…。罪の意識が日に日に大きくなってきまして…」

水城　「…わかりました。ちなみに交換殺人ゲームとの関係は？」
淳一郎　「ゲームとは…全く関係ありません」
水城　「わかりました」

15　キウンクエ蔵前・302号室

南が元刑事に調べてもらった尾野の資料を、翔太と二階堂に見せている。
資料には尾野が10歳まで高知の児童養護施設で育ったことが記されている。

翔太　「この資料も…」
南　「例の退職した刑事さんから新たに送られてきたものです」
翔太　「ただ、尾野さんが10歳まで高知にいたとしても、穂香ちゃんの事件の時は、もう…」
南　「すでに東京に来ていたようですが、土地勘はあるでしょうし、可能性はゼロじゃないですよ。他にも塩化カリウムに詳しかったり」

×　　×　　×

[回想 #14 S9]
尾野　「セシウムの吸収をおさえるやつ…あっ、塩化カリウムだ」

翔太「妻のことを毛嫌いしていましたし…」
二階堂「菜奈さんのボタンを盗むという不可解な行動もとってますしね」
翔太「一番大きいのは、内山の動画…。尾野さんの部屋で撮られた可能性があるんです」
南「尾野と内山の間になんらかの関係があった…?」
翔太・二階堂「…」

×　×　×

16　すみだ署・捜査本部

刑事達が一堂に会して捜査会議が行われている。
ボードには淳一郎の写真。

刑事課長「田宮淳一郎に関しては、逮捕状を請求する。いいな?」
一同「はい」
刑事課長「次に、また運び込まれた久住だが…」
刑事①「打たれた鎮静剤の効果が切れて、先ほど、意識は回復しました」
副署長「記憶は?」
刑事①「はい。すでに自分が久住譲だという自覚はあるようです」

× × ×

［回想 久住の病室］

刑事①・②が病室で久住の話を聞いている。

刑事①「看護師の桜木ですか？」

久住「下の名前までわかりませんが、403の藤井さんの彼女です」

刑事①「その女性に、なぜ襲われたのか、心当たりは？」

久住「あの…殺された袴田吉彦っているじゃないですか？」

刑事①「ええ。いい役者でした」

久住「はい。その袴田を殺したのが桜木さんで、僕が通報するのを止めようとしたんだと…」

刑事②「袴田殺しの3人目…？」

久住「僕が裏切ったと思ったんでしょう」

× × ×

水城「…？」

刑事①「桜木については現在、裏付けを取ってます」

水城「（ボソッと）…〝裏切る〟？」

17　キウンクエ蔵前・1階エントランス

木下が現れ、自分の部屋のポストからレコーダーを取って、
聞きながらゴミ捨て場へ。

18　同・共同ゴミ捨て場

ゴミチェックをしながら、木下が音声を聞いている。

シンイー（音声）「…本当に見ただべっちゃ」

×　　×　　×

［1階・エントランス］

仕事帰りのシンイー・妹尾・柿沼が、会話しながらやってくる。

シンイー「社長が、管理人さんの日誌持ってるんはおかしいぞなもし」

柿沼「なにが書いてあんだ？」

妹尾「わかんねぇけど、どうも怪しいな、あいつ」

シンイー「お前らも私抜きで社長とつるんで怪しいけんども」

柿沼「社長が、浮田さんを殺した犯人について一緒に探してくれるっていうから」
妹尾「でもあいつ、質問してくるばっかりで全然役に立たねぇんだよ」
柿沼「その日誌、盗めねぇかな?」

×　×　×

木下「ここの住人は、大事なことをポストの前で話す習性があるね」
木下、なにかを思いついたようで、その場を去る。

19 藤井の病院・診察室(夕)

藤井と桜木が診察をしている。
桜木「次の方、どうぞー」
と、入ってきたのは水城だった。
藤井「刑事さん」
水城「どうも」
桜木「…!」

×　×　×

5分後。水城が桜木を追求している。

桜木　「ですから、袴田吉彦を殺したのも、久住さんを歩道橋から突き落としたのも私です」

藤井　「いや、あの…」

桜木　「まだあります。ブータン料理屋の田中政雄さんを殺したのも私です」

×　×　×

[回想 ＃11 S7]

藤井　「手術するより簡単か」

×　×　×

[回想 ＃3 S44、46]

田中政雄、ライターに火を点ける。店が爆発する。

×　×　×

水城　「では署で、詳しくお聞かせ願えますか?（藤井に）お騒がせしました」

藤井　「いえ…」

桜木　「じゃあね、先生」

水城と桜木、出ていく。

×　×　×

藤井　「…」

［回想 ＃19 S10の続き］

藤井と桜木が会話している。

桜木「でも、いざとなったら、全部私のせいにしてあげますね」

藤井「…いやいやいや…それはちょっと…」

桜木「ちょとラッキーって思ってるでしょ？」

藤井「思ってないもん」

桜木「私、先生の、だらしなくて、責任感ゼロで、他人任せな稚拙な人間性が好きなんです。だから自分でどうにかしようだなんて、思わないでくださいね」

×　　×　　×

取り残された藤井。

藤井「…いいのか、俺？　このままじゃ…」

藤井、決意の表情で桜木が出ていった方へ駆けより、カーテンに手をかける。

が、留まり、

藤井「落ち着け。俺は医者だ。この手でまだまだ救わなきゃいけない命がある…、はずだ！　…うん、ごめん！」

藤井、カーテンを閉める。

20　同・廊下～ロビー

水城が桜木を連れて廊下を歩いている。
向こうから刑事③がやってきて、

水城「彼女、署まで連れてくぞ」
刑事③「はい」
刑事③、桜木の腕を持って、一緒に歩く。
水城「…後で詳しく聞きますが、袴田吉彦や田中政雄と何か関係が？」
桜木「全然知らない人です」
水城、立ち止まる。
ちょうどそこはロビーだ。
数人の患者や病院関係者が行き交う。
水城「じゃあなぜ？」
桜木「藤井先生がトラブルに巻き込まれてたんで。助けたかったんです」
水城「彼をかばっているだけではないですか？」
桜木「…あんな最低な人、かばうわけないじゃないですか」

× × ×

［桜木の回想 #5のある夜・キウンクエ蔵前・403号室・藤井の部屋］

桜木が酔った藤井を送ってきた。

桜木「…先生、着きましたよー、403でいいんですよね?」

藤井「（酔って）うー、いいのか、俺。シンイーも巻き込まないと…」

桜木「独り言のボリューム…しかもくどい!」

と、言いながら、藤井が手に握ってる鍵を、手ごと持ってドアを開ける。

桜木「はい、到着しました」

藤井「ありがとうございます…」

桜木、部屋に入ろうとして、何者かに後ろから押され、藤井と一緒に倒れ込むように部屋の中へ。藤井はそれでも酔って寝ている。

藤井「あー、あっ…」

桜木「痛った!」

桜木が顔を上げると、イクバルと、イクバル②・③がいた。

イクバル「お前を人質に、藤井と交渉する」

イクバル②「それか、殺す」

イクバル「殺すのは交渉してからだ」

イクバル③「今、殺せばいい」
イクバル「ダメダメ」
桜木「事情はそこそこ把握してるつもりだけどさ」
イクバル「?」
桜木「同じマンションの人間殺したら、絶対捕まるよ? それよりも、みんなが納得する方法、考えよ? (スマイル)」
イクバル達「うん」
いびきをかいて寝ている藤井…。

× × ×

桜木「先生はなにも知りません。私が勝手にやったことです」
水城「どうしてそこまで?」
刑事③「水城さん、後は署で…」
桜木「愛しているからに決まってるじゃないですか」
水城「それだけの理由で? 理解できません」
桜木「じゃあ刑事さんが思ってる〝愛〟は〝愛〟じゃありません。なんでもできるのが愛ですから。今後、〝愛してる〟って言葉使わないでくださいね?」
水城「…」

藤井(声)「愛してる！」
一同が振り返ると、藤井が立っていた。
ロビーにいる人達が、一斉に注目する。
桜木「藤井先生!!」
藤井「俺は…使いたい、君に、この言葉を」
桜木「…」
藤井「全ては僕がやったことです！　彼女は無実なんです！」
水城「…」
藤井「僕が、袴田吉彦と田中政雄を殺しました！」
ざわつくロビー。
桜木「先生…、似合わないことやめてくださいよぉ（と涙ぐむ）」
藤井「君に似合う、夫になりたいから」
桜木「先生…」
水城「嘘じゃないでしょうね？　2人殺害と久住の殺人未遂。罪は相当重いですよ？」
藤井「そうか、嘘はよくないかな…」
水城「あ？」
藤井「田中政雄だけ僕が殺しました」

水城「あなたね、この子の気持ちも…！」
桜木「それでこそ私の好きな藤井先生！」
藤井「…（照れ笑い）」

21　キウンクエ蔵前・301号室・尾野の部屋前（夜）

翔太と二階堂がチャイムを押すが、応答がない。
二階堂「いませんね」
翔太「尾野さんが帰ってきたとして、簡単には喋ってくれるとは思えないけど…」
と、向かいの303号室から叫び声。
蓬田「つぎゃあああああぁぁぁぁ！！！」
翔太・二階堂「!?」
303号室から、蓬田が転げだしてくる。
蓬田「あ…！」
二階堂「大丈夫ですか？」
翔太「（心配より怪しんで）ここで何してたの？」
蓬田「あの、内見あるから掃除しておいてくれって言われただけで、俺、関係ないですからね！」

翔太・二階堂「…？」

翔太と二階堂、意味がわからず303号室に入る。

と、キッチンに血だらけの紙が1枚、落ちている。

二階堂、翔太にハンカチを渡す。

翔太、ハンカチで拾い上げて開くと、【赤池美里】の小さな文字。

翔太「これ…」

二階堂「浮田さんが書いた…？」

蓬田「（玄関から覗き込んで）今日、俺、はじめて入りましたからね！　ここに」

×　×　×

［フラッシュ］

尾野の部屋の小箱が開いたところ。

×　×　×

翔太「あ…尾野さんかもしれない」

二階堂「え？」

尾野「管理人さん、こんばんは」

蓬田「あっ…」

翔太　「ちょちょちょ…」
二階堂「あっ」
と、尾野が帰ってくる音がして、翔太と二階堂、慌てて廊下へ出てくる。
尾野　「わ、しーくん、どうしたの？」
翔太　「ちょっと聞きたいことがあって」
尾野　「(翔太に背を向けつつ) あがってく？」
二階堂「いや」
翔太　「尾野さんさ303の鍵、持ってるよね？」
尾野　「何なんですか、いきなり」
翔太　「これ置いたの、君？」
と、【赤池美里】の紙を見せる。
尾野　「どう考えても黒島さんでしょ」
翔太　「どうしてそう思うの？」
尾野　「(答えずに) 私も菜奈さんみたいに殺されちゃう！」
翔太　「え？」、
尾野　「しーくん…、助けてよぉ」
尾野、二階堂に抱きつく。

22　同・301号室・尾野の部屋前

蓬田が追い出されている。

蓬田「ちょっとぉ、また仲間はずれすかぁ？　しーくん！」

蓬田、ドアを叩くが返事ないので、渋々去っていく。

23　同・301号室・尾野の部屋・中

翔太と二階堂が、尾野の話を聞いている。

尾野「…しーくんの前で、あまりこういう話はしたくないんですけど、手塚さんが入院されてる時、私、毎日お見舞いに行ってたんです」

×　　×　　×

[回想]

尾野が病室の前のベンチに座っている。

目の前を菜奈が会釈をしつつ、病室に入っていく。

尾野（声）「いつでも二人きりになれるように待ってたんですけど、菜奈さん全然帰らなくて」

尾野、病院の廊下をトボトボ歩く。

×　×　×

尾野の回想シーンが終わるので、以降、尾野の嘘のようにも見えつつ…、

尾野「そしたら、黒島さんが廊下を歩いてたんです！」

翔太「お見舞いじゃなくて？」

二階堂「…（この話を翔太に黙っていたことが気まずい）」

尾野「でも私、ずっと病室の前にいましたけど、病室には来なかったし」

翔太「…」

尾野「元々、あの子、ゲームやった後から、急にケガが治ったり、明るくなったり、二の腕まるだしの服ばっか着るようになったり、おかしくないですか？」

翔太「…（やや呆れる）」

24　同・1階エントランス

蓬田がいじけながらエレベーターから降りてくる。

正子（声）「ちょっと…、管理人さーん！」

と、外からやってきたのは正子である。

蓬田　「あれー？　ミセス・サンダーソン！　久しぶりっすー！」
正子　「ねぇ、これ預かってくれない？」
と鍵を出す。
蓬田　「と言いますと？」
正子　「警察がね、最近ことある毎に部屋調べようとするのよ。でも、私も茅ヶ崎の方に戻っちゃってるし、立ち会うためにいちいち都内まで来てらんなくて（と、鍵を押しつける）」
そこへ黒島が大学から帰ってきた。
蓬田　「え？　まだ、榎本さんの部屋、調べてるところあるんすか？」
正子　「マスターキーがないらしくて。あれ？　それってあんたの責任じゃないの？」
蓬田　「いや、俺が来たときから行方不明でして、さっきも…」
黒島　「マスターキー、見つかってないんですか？」
正子　「やだ、かわいい子発見！　んー！（と顎をさすり、頭を囓《かじ》る）ちゃんとチェーンかけるんだよぉ、物騒だから」
黒島　「…」

25　同・301号室・尾野の部屋

翔太、二階堂、尾野の会話が続いている。

二階堂「…その時、黒島さんに話かけなかったんですか？」

尾野「うん、後ろから見ただけだし…」

二階堂「じゃあ単に人違いの可能性もありますね」

翔太「…」

尾野「え、しーくん、信じてくれてないの？　この前話した時からずっと？」

翔太「この前話した？」

二階堂「あぁ、いえ…」

翔太「俺には報告なかったね」

二階堂「…」

尾野「なんでなんで？　私、疑われるようなことした？」

翔太「君は君でしてるよね？」

尾野「はぁ？」

翔太、立ち上がり、以前見た小箱を開け、

翔太「ねえ、これなに？」

尾野　「ボタンちゃんかな?」
翔太　「菜奈ちゃんの服についてたボタンだよね?」
尾野　「…」
翔太　「なんで盗んだの?　菜奈ちゃんを殺したときに引きちぎったとか?　自分の皮膚のDNAがついてた気がするとか」
尾野　「私が勝ったからですけど」
翔太　「はぁ?」
尾野　「私、なぜだかいつも好きになる人に恋人がいるんで。すごいつらい恋ばっかりしてきたんですけど。それでもどうにか、相手が私の方を振り向いてくれた時には、記念品をもらうことにしてるんです」
尾野、立ち上がり、棚の扉を開ける。同じような小箱が沢山。
尾野　「ジャーン!　フフフ…」
翔太　「それ、全部、好きになった人の恋人殺して…」
尾野　「違いますよ!」
翔太　「303に住んでた人も殺したの?」
尾野　「だから殺してません!　付き合ってる時にくれた合い鍵をずっと持ってるだけです。まぁたまに部屋に入ったりはしてますけど」

［回想 ＃9 S8］

303号室から出てくる尾野。淳一郎とばったり会う。

尾野「あっ、こんばんわぁ」

二階堂（声）「なんのために？」

尾野「空気吸うんですよ。恋人と別れてでも私と付き合おうとしてくれた人の部屋の空気って、波動がいいんで」

× × ×

［回想］

尾野が303号室で片方の鼻の穴を抑えて、コカインの吸引のように部屋の空気を吸っている。鼻歌まじりに、楽しそうに踊りはじめた。

尾野「ハァ…波動…！」

× × ×

尾野「ボタン取るついでに、302号室の空気も吸わせていただきました」

翔太「…（言いたいことは山ほどあるが）このカーテンについて聞きたいんだけど」

尾野「あれは一点もので。日暮里の専門店で…っていうか、今、関係あります？」

翔太　「関係あるから聞いてんだよ！」
二階堂　「落ち着いてください」
翔太　「尾野さんのこともかばうの？」
二階堂　「は？」
翔太　「（尾野に）君は内山とグルか？」
尾野　「その内山というのは…？」
翔太　「とぼけると思ったよ。じゃあ交換殺人ゲームのことは？　これなら答えられるよな。書いた紙と引いた紙について」
尾野　「いやいや答えようがないですよ。ゲームに参加してないんだから」
翔太　「は？」

26　立ち食い給食3年C組・事務所

西村が日誌を読んでいる。

西村　「…」
【さびしい】【みんなに嫌われている】【住民会で交換殺人ゲームなるものをやる】【402の榎本だ】などの文字が断片的に見える…。

27　キウンクエ蔵前・302号室

ホワイトボードの整理をしている翔太と二階堂。

翔太　「どう思った？　尾野さんの発言」

二階堂　「真意がつかめませんね」

翔太　「…」

×　×　×

［回想 尾野の部屋でのやりとり続き］

尾野　「いやいや答えようがないですよ。ゲームに参加してないんだから」

翔太　「は？」

尾野　「私、何も書いてないし、引いた紙も見てもいないんで」

×　×　×

［回想 ＃6 S26］

澄香　「白紙だったんです。殺したい人の名前なんて書くべきじゃなかったんです」

×　×　×

尾野　「やるわけないじゃないですか、あんなゲーム」

翔太　「その引いて見てない紙は、どうしたの？」

尾野　「え？　捨てましたよ。たしかポストのところのゴミ箱に」

翔太　「ポスト前に捨てられていたと言えば、(【石崎洋子】を指して)この紙なんだけどさ」

二階堂　「これがあそこに捨ててあったことは住民会でみなさんに伝えましたからね」

翔太、管理人の引いた紙に貼ってあった【石崎洋子】を尾野のところに貼る。

翔太　「なんにしても、こうだったとして…」

二階堂　「管理人さんの欄がまたよくわからなくなりましたね」

翔太　「いや、石崎さんが引いた【吉村】っていうのは信憑性があると思ってるから」

二階堂　「だとすると、【吉村】と書いたのは管理人さんになります」

翔太　「これで田宮さんが引いた【ゴミの分別の出来ない人】と…、【織田信長】の嘘が確定するね」

二階堂　「嘘かもしれませんが、黒島さんには自分が書いた紙を引いた可能性も残っています」

翔太　「…うん、…そうだね、まぁこっから先、ちょっと、ひとりで考えてみるからさ。どーやんはAIの分析、進めて欲しいし」

二階堂　「…わかりました」

×　　×　　×

二階堂が帰り、ひとりになった翔太。ＡＩ菜奈ちゃんを起動する。

翔太　「菜奈ちゃん、どーやんの態度、どう思う？」

菜奈（ＡＩ）「二階堂君はすっごくいい人だよ」

翔太　「（聞いたことある答えなので流して）どーやんの気持ちもわかるんだよ。好きな人のことさ、疑いたくないよね…」

音楽。

菜奈（ＡＩ）「すぐわかった気になるんだから」

翔太　「間違えたこと言ってる？」

菜奈（ＡＩ）「ブルだと思う」

×　×　×

［202号室・玄関］

黒島と二階堂が話している。

二階堂「会わない方がいいと思って」

黒島　「え？」

二階堂「手塚さんもイライラしてて、このままだと犯人見つけるのに支障が出ると思う。すでに出てるし」

黒島　「うん…」

二階堂「今は、黒島さんの潔白を証明することを第一に考えて行動したい」
黒島「わかりましたけど、ひとつだけいいですか？」
二階堂「…（キスかな？　と思う）」
黒島「（その気はない）私…やってませんから」
二階堂「わかってる…じゃあ」

ドアが閉まる。ドアを挟んだ2人。お互い辛い表情で…。

×　　×　　×

翔太、ふとパズルのピースのことを思い出す。

翔太「あ…」

改めてパズルを見る。やはり1ピースだけ違う色だ。
翔太、パズルを壁から外し、そのピースを取る。

翔太「え？」

と、中から1枚の紙の切れ端が出てくる。雑誌か新聞の占いページのようだ。
【今月のラッキーデー】3日、8日、15日、21日、29日
※3日、21日、29日の日付は、手書きで○がつけられている。
その下の余白に【5日、12日、17日、26日　次は？】の文字。
プツリと音楽、止まり、

翔太　「…菜奈ちゃんの字だ」
翔太、紙を裏返したりして確認し、ふと何かを思いついたようで部屋を飛び出す。

28　同・401号室・木下の部屋・玄関

翔太が木下に先ほどの紙片を見せている。※菜奈のメモ部分は指で隠している。
翔太　「さわやかすみだ？」
木下　「広報誌ですよ、区の」
翔太　「さすがゴミライター」
木下　「毎月ポストに入ってますけど、みんな読まずに捨てちゃうやつです」
翔太　「それ、持ってますか？」
木下　「…今月号なら」

29　同・302号室／すみだ署・捜査本部（適宜カットバック）

翔太が『さわやかすみだ』9月号を開く。
紙片と同じレイアウトで星座占いの記事がある。

翔太「これだ。…菜奈ちゃんは占いなんか好きじゃなかったけどな。…〝次は？〟？」
水城　翔太、なにか引っかかったようで水城に電話する。
「えっ？　事件の発生日ですか？（目の前のホワイトボードを見ながら）えー、管理人さんが3月24日、Dr.山際が4月5日、田中政雄が4月30日」
翔太「…」
水城「赤池夫婦が5月3日、児嶋さんが5月21日」
翔太「…（紙片の日付との合致を指差し確認する）」
水城「浮田さんが5月29日」
翔太「はい」
水城「甲野貴文さんが6月6日、…奥さんが6月17日、神谷が8月3日です」
翔太「わかりました、ありがとうございます」
翔太、電話を切り、AI菜奈ちゃんを立ち上げ、
翔太「菜奈ちゃん、どういうこと？」
菜奈（AI）「なぁに翔太君？」
翔太「菜奈ちゃんは何に気付いたの⁉」
菜奈（AI）「なぁに？　翔太君」
翔太、〝ラッキーデー〟という文字をじっと見つめる。

30　同・304号室・二階堂の部屋（深夜）

二階堂が、分析し直したＡＩの結果画面を見ている。

二階堂　「…（ため息）」

安堵《あんど》なのか落胆なのかわからないため息…。

31　公園（日替わり・朝）

翔太と水城が会話している。

翔太　「じゃあやっぱり内山じゃなかったんですね…」

水城　「ええ、奥さんの動画の内山の声は、編集で後からつけられたものでした」

×　×　×

［回想 ＃17 Ｓ3］

内山（ＰＣの声）　「最後なんだから笑ってください」

×　×　×

翔太　「誰の声だったんですか？」

水城　「それが、何重にも加工されているようで、実際の声を復元するのに難航しています…」

翔太　「桜木の可能性は？」

水城　「低いかと。進んで自供していまして、奥さんが最後に電話で話した内容もわかりました」

翔太　「え？」

水城　「奥さんは電話で、藤井淳史の誕生日を問い合わせてきたそうです」

翔太　「誕生日…!?　藤井さんの？」

水城　「当然、個人情報の問題もあるので教えなかったそうですが…」

翔太　「(ポツリと) 星座…？」

水城　「(聞こえていない)それから田宮の件ですが、ゲームとのつながりがまだ見えず、慎重になっています。まだ黒島さんには伝えないよう願えますか？」

翔太　「はい」

水城　「ただ、田宮は黒島がどう思っているのか気にしていました。やりすぎたとはいえ、正義感からしたことで」

×　　×　　×

［回想］

住民会にて、黒島の様子を確認する淳一郎。

水城（声）「彼氏さんがいなくなって以降、彼女は明るくなったように思うが、勘違いではないかと」

×　×　×

水城「しきりに本人に確認をして欲しがっていました」

翔太「…」

水城「田宮の殺人がゲームに関わっていると考えた方が実はいろいろ説明がつくのですが…」

翔太「あ…久住さんに面会ってできますか？」

水城「…」

32　警察病院・久住の病室

入院中の久住のもとに、翔太と水城が訪れる。
病室の見張りは刑事③。

翔太「浮田さんの書いた紙の件、警察に話すって約束したじゃないですか」

久住　「いや、だってその矢先に襲われたんですよ？　そりゃびびりますよ」

翔太　「襲った桜木も捕まりましたし、今こそ話す時でしょ？」

久住　「…」

翔太　「浮田さんの書いた紙を引いた人、浮田さんを殺した可能性がある人は、誰なんですか？」

久住　「その前に…。僕が細川朝男さんを殺しました」

×　×　×

［回想＃7 S45］

久住、朝男を工具で殴る。

×　×　×

翔太　「…」

水城　「…！」

久住　「僕を殺人事件の犯人として、しっかり保護してください。その上で…。…浮田さんの書いた【赤池美里】を引いた人は…。黒島さんです」

×　×　×

［回想＃6 S24］

黒島　「引いた紙は【織田信長】でした」

[回想 #8 S35]

黒島 「結果的にすべてが解決するなら、いくら疑われても構いません」

× × ×

翔太 「…これで、ゲームの全貌がほぼわかりましたよ」

× × ×

33 喫茶店

南がひとりで喫茶店にやってくる。
高知県警の元刑事・鍋島がすでに待っており、南を出迎える。

鍋島 「あっ、南君」

南 「鍋島さん！　どうしたんですか？　急に上京されて」

鍋島 「えー、いやいや…。送った資料、役に立っちゅうか？」

× × ×

[インサート #17 S21]

淳一郎と黒島の資料を見る南。

× × ×

南　「あっ、はい」
鍋島　「いえ…ちっくと、直接おうて伝えたほうがえいと思いよったことがあってな…」

34　区役所

翔太が、健二を訪ねてきている。

健二　「びっくりしましたよ。言ってくれれば、部屋まで届けたのに」
翔太　「あ、すいません。急いで確認したいことがありまして」
健二　「こちらが5月号と6月号です」
翔太　「ありがとうございます！」

翔太、その場でめくりだす。

健二　「実は僕が編集に携わってる箇所がありまして、この〝おとぼけ川柳〟って…」
翔太　「後にしてもらってもいいですか」
健二　「はい」
翔太　「…！」

翔太、紙片の占いが牡羊座のものだと確認する。
手書きの日付は、6月の『ラッキーデー』だった。

35　キウンクエ蔵前・304号室・二階堂の部屋

二階堂がAIに情報を入力している。

×　×　×

[回想 #16 S22 ひまわり畑]

黒島（声）「私、やってませんから」

頭を抱え、掻《か》きむしる二階堂。と、翔太から着信が。

×　×　×

二階堂「?」

36　同・302号室（夕）

翔太と二階堂が会話している。

二階堂「黒島さんが牡羊座だったから何なんですか?」

翔太「だから説明したでしょ!」

二階堂「ラッキーデー殺人ですか?　バカバカしい。ちなみに尾野さんも牡羊座でしたし、生年月日の資料がない住人も沢山います」

翔太　「もちろん推測でしかないよ。でも、黒島ちゃんは嘘をついてた。【織田信長】なんて書いたヤツいないんだよ！」

翔太、黒島の引いた紙の欄に【赤池美里】と書かれたマグネットを貼る。

そして淳一郎と床島の引いた紙の欄に【早川教授or管理人さん】と書く。

翔太　「俺は【早川教授】も嘘の可能性が高いと思うけどね。俺の推理はこうだよ。（淳一郎の欄の【早川】に斜線。【元彼】と書く）これで表は完成する」

二階堂　「…田宮さんが管理人を引いて殺害し、初めからゲームを動かしていた可能性もゼロでは…」

翔太　「そう思いたいのは黒島ちゃんが好きだからでしょ？」

二階堂　「わかってますよ！　黒島さんが怪しいことぐらい！」

翔太　「…」

二階堂　「ただ、これがゲームだとしたら、途中で死にかけるキャラクターがラスボスだというのがしっくりこないんです。誰かに脅されていたり、操られている可能性も…」

翔太　「うん。犯人はいよいよ俺達のことからかいにきてる気もする。でも、だったら、それはそれで、やりようがあると思ってるんだ」

二階堂　「え…？」

37　道

マンションへと走る南。

38　すみだ署・捜査本部

水城が刑事①②③と、尾野と黒島のアリバイを洗い直している。

刑事①「黒島沙和ですが、手塚菜奈の死亡時刻の2時～4時に、大学近くのファミレスで勉強している姿が、店内防犯カメラに映っています」

刑事②「一方、尾野幹葉ですが、0時半過ぎに終電で帰宅する様子と、その後、公園で野良猫と遊んでいる様子が、それぞれ防犯カメラで確認されています」

水城「…うーん、内山は？」

刑事①「朝4時までネットカフェにいたことは確認されていますね。途中、外出した形跡もありません」

水城「ハァー…」

39　キウンクエ蔵前・302号室

翔太と二階堂が作戦を練っている。

二階堂「…挑戦状ですか？」

翔太「挑発状って方が正しいかもしれない。犯人が犯行を楽しんでることはもうほぼ間違いないと思う。だったら、それを刺激するような手紙を書いて、怪しい奴ら全員に送りつけるの。多分おびき出せるよ」

二階堂「どんな手紙ですか？」

翔太「それはどーやんが考える」

二階堂「作文は苦手ですけど…」

翔太「明らかに罠っぽくっていいんだって。そっちの方が犯人刺激できると思うし。どこの崖でもいいからさ、来るように文面考えてよ」

二階堂「崖じゃないといけないんですか？」

翔太「犯人との最終対決と言えば崖でしょ？　向こうもそれはわかってると思うよ」

二階堂「まあ、場所は僕に任せてください。ここから近い場所の方がいいと思います」

二階堂、ＰＣを打ち、文面を考え始める。

翔太　「都内にいい崖あったっけ？」
二階堂「（打ちながら）崖のことは忘れてください。犯人が来やすい距離の方が、罠だとわかっていても、気になって来たくなると思います」
翔太　「いや…うーん。どーやん」
二階堂「例えば…」
【PC画面の文面】
【あなたが5人の笑う遺体の殺人犯だという証拠をつかみました。牡羊座のラッキーデー、9月×日△時、■■へ来て下さい】
二階堂「■の箇所には、近くのホテルでも指定しましょう」
翔太　「スカイツリーの見える部屋がいい」

×　×　×

［回想 特別編］
菜奈に何度も告白したスカイツリーが見える場所。
翔太（声）「菜奈ちゃんとの思い出の場所なの」

×　×　×

二階堂「わかりました。まぁ来ないにしても、何か別の形でリアクションがあるかもしれません」

翔太　「なに言ってんの、絶対来るって。犯人の気持ちがわかってきた気がするんだ。この挑発には絶対に乗ってくるよ」

と、インターホンが鳴る。

モニターに南が映っている。

×　×　×

南が鍋島から聞いた件を、翔太と二階堂に報告している。

翔太　「死んでた？」

南　「そうなんだよ…」

×　×　×

［回想　喫茶店］

南と鍋島が会話している。

鍋島　「5年前の豪雨の日、黒島沙和のアリバイを証言しよった家庭教師やけど」

南　「嘘やったがですか？」

鍋島　「いやいや…、あの日、一緒やったがはホンマやった。けど、それから2年後、海で事故におうて死んでしもうたがよ。2人は恋人やったたって噂もあったき、海にも黒島と2人で出かけて、黒島だけが運良う助かっちゅうがよ」

南　「…」

翔太「波止も内山も…、黒島ちゃんのことを好きになった男は、みんな死んでること
になる…」

翔太と南、二階堂を見る。

二階堂「とりあえずさっきの話、南さんにも協力してもらいましょうか」

南「ん？」

翔太「どーやん、冷静にやれるの？」

二階堂「犯人を捕まえることで、黒島さんの無実を証明することができますから。結果、
その犯人が黒島さんだとしても、今やるべきことは一緒です」

翔太・南「…」

×　　×　　×

40　同・集合ポスト

二階堂と南が見張る中、翔太がポストに手紙を入れていく。

翔太(M)「…住人同士で噂になっても困るから、手紙を入れる人間は絞る。黒島、西村、
尾野、…江藤も」

41　点描

手紙を読むそれぞれの各部屋でのリアクション。
202号室で、驚いた表情の黒島。
エントランスで、不安げな表情の西村。
ポストの前で、眉をひそめる江藤。
301号室で、ニヤリと笑う尾野。

42　立ち食い給食3年C組・店内（数日後）

シンイー「あじゃしたー。また来てなー」
妹尾「お待たせしました。ソフト麺でーす」
シンイー、妹尾、柿沼が仕事中。
と、客が来る。
シンイー「しゃいしゃいませ」
柿沼「いらっしゃい」

客は木下だった。

木下「会長さん、いる？」

シンイー「あー…。あっち」

柿沼・妹尾「…？」

43　同・事務所

西村が取引相手と電話している。

西村「いや、うちの従業員に聞いたんだけど、トム・ハップ・ヌック・ズアっていう料理が流行るって言うんだよ。いや、まだ食べたことは…」

木下「どうもー」

西村「木下さん」

木下「すいませんけど、電話、切ってもらっていいですか？」

西村「え？」

木下「電話相手に、あなたが管理人さんを殺したことがばれるとまずいでしょ？」

西村「（最後まで聞かずに切って）…何の話ですか？」

44　どこかの道／キウンクエ前の電信柱（適宜カットバック）

ホテルへ向かう翔太と二階堂が、南と電話している。

翔太「こっちはもうすぐ着きます」

南「今んとこ、マンションを出たのは西村だけだ」

翔太「わかりました、誰か外出したらすぐに連絡ください」

翔太、電話を切って、

翔太「西村がいないって」

二階堂「誰が、現れても、冷静に行動してくださいね」

翔太「え？　…約束できないよ」

二階堂「手塚さん…」

45　立ち食い給食3年C組・事務室

木下が西村を問い詰めている。

西村「ただの麻雀仲間ですよ。マットの話をした時、あなたもいましたよね？」

木下「えぇ、あの時は他にも、あなたがいつから交換殺人ゲームを知っていたのかという話題にもなりました」
西村「それもあなたから聞かされて…」
木下「その前から知ってましたよね？　…管理人さんの日誌に書いてあったから」
西村「…!?」

46　すみだ署・捜査本部

刑事①が内山の動画をヘッドホンで聴いている。
その脇に刑事②。
すぐに水城が入ってきて、
水城「わかったのか？」
刑事②「はい、ようやく本来の音声が確認できるようになりました」
水城「貸せ」
と、ヘッドホンを奪うようにして装着。
水城「これって…!?」

47　キウンクエ蔵前・近くの電信柱

南が見張る中、江藤が外出していく。続けて、尾野も外出していく。

南　「一度に出てくんなよ…」

48　立ち食い給食3年C組・事務室

西村が出かける準備をしている。

西村　「日誌をつけてたのは知ってますよ。仲良かったんで。でも何が書いてあったかなんて知りませんよ」

木下、鞄から管理人日誌を取り出す（※実は蓬田の物）。

西村　「偽物ですね」

木下　「気付くの早っ！」

西村　「すいませんが、商談があるんで。あぁ、せっかくなんで、なにか食べてってくださいね」

木下　「ちょっと…」

西村、逃げるように出ていく。

木下「ちょっ…ちょっと！」

49　ホテルグランドすみだ・外観

ホテル外観。奥にスカイツリー。

50　同・707号室

翔太と二階堂が作戦を確認している。翔太、ベッドの上にダーツを並べている。

二階堂「ダーツですか」
翔太「念のためね。基本は、どーやんの腕力に頼るかも」
二階堂「僕はそういうのは…」
翔太「めっちゃくちゃ強いの知ってるよ」

×　　×　　×

［回想　#13 S2］

イクバル達を倒す二階堂。

翔太(声)「あの時も助けてくれたでしょ」

二階堂「いや、僕じゃありません、管理人さんが…」

翔太「さすがにもう気付くって…。なんでそんな強いの?」

二階堂「母が空手の師範で」

翔太「やっぱり強いんじゃん。どーやん。黒島ちゃんの件では、嫌な言い方しちゃったけどさ、…ごめんね。頼りにしてる」

二階堂「…はい」

翔太「よし」

翔太、窓からスカイツリーを見て。

翔太「やるか」

×　×　×

51　大通り

江藤が歩いている。と、急に立ち止まり、ＰＣを開く。

いつものＧＰＳ画面を確認後、驚いたように振り返る（尾野にインストールしてもらったアプリのＧＰＳで、尾野がすぐ後ろにいることに気付いた）。尾野は特に怪しい行動をするでもなく、タクシーを捕まえて、乗り込むところだった。

52　キウンクエ蔵前・近くの電信柱

南がまだ見張っている。

南「最有力候補が出てこねぇな…」

南、その場を離れ、マンションへ向かう。

53　ホテルグランドすみだ・707号室

犯人を待っている翔太と二階堂。翔太、スマホの時計表示を見る。14時だ。

翔太「…」

と、ホテルのドアをノックする音が。翔太、ドアに向かう。そしてドアを開けると…。

54　キウンクエ蔵前・202号室

黒島がドアを開けたところだ。

ホテルのドアを開けたら黒島が立っていたように見えたが、実際は202号室のドアが開き、部屋の中に黒島がいただけだ。廊下にいるのは南。

黒島「どうしたんですか？」
南「いえ、…会長さんの部屋と間違えました」

55　ホテルグランドすみだ・707号室

翔太が、本当にドア前にいた人物を相対している。
それは、尾野だった…。
驚く翔太。しかし、尾野も驚いているようだ。

尾野「え…？」
と、二階堂、翔太のバックを取り、チョークを決める。
尾野「…!?」
翔太「…（息ができず、声も出ない）！」
二階堂「ありがとう」
尾野「うん」
翔太、薄れゆく意識の中、部屋のドアが閉められていく…。

【#20に続く】

あなたの番です

第20話

#20

1　前回までの振り返り

［回想　＃19　S39］

翔太「犯人が犯行を楽しんでいることはもうほぼ間違いないと思う。だったら、それを刺激するような手紙を書いて、怪しい奴ら全員に送りつけるの。多分おびき出せるよ」

×　　×　　×

［回想　＃19　S44］

ホテルへ向かう翔太と二階堂が、南と電話している。

南「今んとこ、マンションを出たのは西村だけだ」

翔太「わかりました、誰か外出したらすぐに連絡ください」

×　　×　　×

［回想　＃19　S47］

マンションを出る尾野と江藤。

×　　×　　×

［回想　＃19　S50］

翔太　「頼りにしてる」

二階堂　「はい」

翔太、窓からスカイツリーを見て。

翔太　「やるか」

× × ×

[回想 ♯19 S52]

南　「最有力候補が出てこねぇな」

× × ×

[回想 ♯19 S53]

翔太、スマホの時計表示を見る。14時だ。

と、ホテルのドアをノックする音が。

ドアを開けると…、

× × ×

[回想 ♯19 S54]

黒島がドアを開けたところだ。

黒島　「どうしたんですか？」

× × ×

［回想 ＃19 S55］

ドア前に尾野が立っている。驚く翔太。

尾野「え？」

と、二階堂、翔太のバックを取り、チョークを決める。

尾野「…!?」

翔太「…（息ができず、声も出ない）！」

翔太、薄れゆく意識の中、部屋のドアが閉められていく…。

2 キウンクエ蔵前・敷地内入口（数十分後）

南が翔太に電話している。

南「なんで出ないんだよ！」

と、そこへ尾野がなにやら不満顔で戻ってくる。

南「…（監視対象だが、一応、会釈）」

尾野「…」

尾野、無視して通り過ぎていく。

南「どうなってんだ」

3　とある会社・ロビー受付（撮影済み）

西村が商談相手の会社の受付に来ている。

受付嬢「お約束ですか？」
西村「はい。３Ｃｆｏｏｄｓの西村と申します」
木下「（突然横に現れて）木下と申します」
西村「はぁ？」
木下「あなたが話してくれないなら、取引先の方に聞こうと思って、管理人さん殺害の…」
西村「ちょっと！」
受付嬢「あの…？」
西村「ちょっ…ちょっと」
木下「…（ニヤリ）」

4　ホテルグランドすみだ・外観

5　同・707号室

テーブルにダーツが置いてある。
翔太が目を覚ます。ベッドの上に座らされ、上体は起きているが、両手首、両足首をガムテープで拘束された状態。

翔太「…？」
翔太、腕に点滴が繋がれていることに気付く。

翔太「…え⁉」
翔太、周囲を見回し、隣のベッドに、黒島が同じ体勢で縛られ、気を失っていることに気付く。
しかも、黒島の腕にも点滴が。
芋虫のようにへリまで移動して、改めて顔を確認。

翔太「黒島ちゃん？」

黒島「(目を覚ます)…あれ、…翔太さん？」
と、動こうとして、拘束されていることに気付く。

黒島「え？」

翔太「ちょっと待ってよ…わかんない、(ブツブツと) オランウータンタイム、オランウータン…」

×　×　×

翔太（声）「尾野さんが来て…」

［フラッシュ］

ドア前の尾野、チョークをかける二階堂が一瞬蘇る。

×　×　×

翔太、黒島が犯人だと確信していたので、混乱。

翔太「なんで黒島ちゃんが…（と改めて黒島を見る）」

黒島は2つの点滴チューブの先を目でたどる。

黒島「（何かに気付いて）翔太さん…??」

翔太「!?」

2つのチューブの根元に、ゾウとキリンのクリップ。

点滴の袋にはK．C．L．（塩化カリウム）の文字。

翔太「塩化カリウム…」

×　×　×

［菜奈の動画］

声「ゾウさんですか？　キリンさんですか？」

黒島　「私達、殺されるんですか？」
翔太　「…（返事のしようがない）くそ、これ…」
翔太、必死で拘束を解こうとする。
と、部屋のドアが開き、二階堂が入ってくる。
翔太　「どーやん！」
黒島　「…」
入ってきた二階堂。点滴の袋を手に取り、静かに話し出す。
二階堂　「ゾウを選べば手塚さんが、キリンを選べば黒島さんが、死にます。…あの時と同じですね」
翔太　「（遮って）何言い出してんのよ」
二階堂　「僕が、殺したんですよ。菜奈さんを」
翔太　「え？」

×　×　×

タイトル
『あなたの番です－反撃編－』

6　ホテルグランドすみだ・707号室

翔太「いやいや、ちょ、ちょ、ちょっと待ってよ!」
二階堂、携帯を取り出し、なにやら操作している。
二階堂、翔太の顔の前に携帯を突き出し、動画を見せる。

×　×　×

[動画※音声初期バージョン]
撮影者「さあ、選んでください。ゾウさんですか、キリンさんですか」
菜奈「キリン…」
撮影者「そうですか」
撮影者の、含み笑いのようなものが聞こえる。
撮影者「最後なんだから笑ってください。ご主人に言いたいことあるでしょう?」
菜奈の視線が逸れる。

×　×　×

二階堂、動画を止めて、
二階堂「この時、菜奈さんの視線の先では、あなたが意識不明の状態で眠っていました」
翔太「は?」

二階堂　「これを撮影したのは、あなたが入院していた病室です」
翔太　「…！」
二階堂　「菜奈さんはあなたを守るために、自分が死ぬことを選んだんです」
翔太　「何のためにそんな嘘つくの!?」
二階堂　「（答えずに）あなたは？　黒島さんを守りますか？　それとも、…自分が、かわいいですか？」
黒島　「二階堂さん!!　…私を殺してください」
翔太　「…（黒島を見る）」
黒島　「…」
翔太　「…（二階堂に視線を戻す。と、二階堂が黒島を見ていたことに気付く）」
二階堂　「…（すぐに翔太に視線を戻し）さぁ選んでください」
翔太　「わかったよ。…ゾウさんで」
二階堂　「（鼻で笑って）わかりました」
二階堂、点滴のレバーを回そうとするが、手が震えている。
翔太　「…（震えに気付く）」
翔太、拘束されたまま点滴のスタンドの縦軸をつかみ、
二階堂　「…！」

スタンドを振り上げ二階堂を殴る…と思いきや、黒島に振り下ろす。

黒島 「…！」

黒島、素早く転がって避け、ベッドの反対側まで転がり落ちる。

二階堂 「え…？」

ベッドの反対側に落ちた黒島、姿が見えない。が、ゆっくり起き上がり、見えてきた顔がうすら笑いだ。拘束もダミーで取れている。

黒島 「すいません、二階堂さんには無理でしたね」

二階堂 「いや…」

黒島、口の中を切ったようで、血をシーツの上にペッと吐き出す。

翔太 「お前か…、やっぱりお前かぁ！」

黒島 「(〝うるさいなぁ〟の表情からの〝シィー〟ポーズ)」

7 すみだ署・取調室

水城と刑事③が淳一郎に菜奈の動画の加工前バージョンを見せている。

声は黒島のものである…。

淳一郎 「これは…」

水城「2つほど音声加工されたものがあったんですが、これが元々の音声だと判明しました」

淳一郎「黒島さんの声ですか？」

水城「（うなずいて）手塚菜奈を殺したのは黒島だったんです。しかも相当猟奇的な人物です。あなたの知ってることを全て話してください」

淳一郎「…」

水城「彼女は他に何人も殺してる可能性が高いんですよ！」

淳一郎「例のゲームで、私が引いた紙に、【波止陽樹】と書いてありました。黒島さんが書いた紙でしょう」

と、刑事①が駆け込んできて、

刑事①「水城さん！」

×　　×　　×

取調室横の部屋。

刑事①「手塚菜奈、殺害時の黒島のアリバイですが、防犯カメラの映像に細工がされていました」

水城「どこだ？」

刑事②がＰＣで映像を見せる。

以降の会話の映像が二画面で同時に映っている。

刑事①「同じ時刻の店外の路上防犯カメラを確認したところ、店内カメラの映像と通行人の動きが一致しないんです」

水城「日時だけ残して、黒島がいる映像を上書きしたのか」

刑事②「はい。しかもこのファミレス、内山がバイトしてました」

水城「黒島の逮捕状を請求しろ！」

刑事①「はい！」

水城「とりあえずいくぞ！」

水城、出て行く。

8　ホテルグランドすみだ・707号室

翔太、黒島、二階堂の会話が続いている。

黒島「二階堂さんは、私を思って協力してくれただけなんで、許してあげてください」

二階堂「…（ゆっくりと虚脱してしゃがみ込む）」

翔太「これが何の協力なんだよ！」

黒島「えっと、いつも、人を殺すたびに、私、なにしてるんだろうって思ってて」

翔太　「は？　なに？」

黒島　「（無視して）人殺しは良くないことっていうのはわかってるんで、…私なんて死んだ方がいいのかなぁとか」

翔太　「勝手に死ねばいいだろ！　どーやん！　何でだよ!!」

二階堂　「（黒島の）話を最後まで」

翔太　「毎日一緒に推理して鍋食って、ＡＩ菜奈ちゃん作って、俺の暴走止めてくれてさ、どーやんがいたから、俺…」

二階堂　「じゃあ、どうすれば良かったんですか⁉　僕の作ったＡＩが、何度も何度も、黒島さんを犯人だって言うんです！」

翔太　「…」

二階堂　「ＡＩが、人の感情や思い込みを排除して、客観的に分析すればするほど、僕は、僕の、人としての感情を優先したくなって…」

二階堂、泣き出す。

二階堂　「すいません…」

翔太　「愛してんだもんな。わかるよ…わかるけどさ！」

二階堂　「…」

×　　×　　×

［二階堂の回想］

二階堂が黒島の部屋を訪ねている。

黒島「しばらく会わないいんじゃなかったんですか？」

二階堂「正直に言ってください。黒島さんは連続殺人犯なんですか？」

黒島「…」

二階堂「好きだから。本当の黒島さんを知りたいんです」

黒島「私の全部を見せたら、受け入れてくれますか？」

二階堂「…（うなずく）」

黒島が二階堂の腕を取り、202号室へ引き入れる…。

二階堂「それで聞いたんです、本当の黒島さんの話を…」

×　×　×

翔太「…」

9　立ち食い給食3年C組・店内

臨時休業となった店内で、木下が、西村に渡された管理人日誌を読んでいる。

木下「…」

西村「ね、僕は管理人さんを殺してなんかないでしょ？」
木下「これだけじゃ何も…」
西村「だから、ここに書いてあるじゃないですか、管理人さんは、自殺なんですよ！」
木下「…」

10　ホテルグランドすみだ・707号室

翔太、黒島、二階堂の会話が続いている。

翔太「彼氏が殺されたから？」
黒島「恋愛とかに興味持てれば、殺し癖もおさまるかなって思ったんですけど、付き合ったらひどい人で…、そろそろ殺しちゃおうかなぁってなってた時にゲームが始まって」

×　×　×

[回想 #1 S25]
交換殺人ゲームで波止陽樹と書く黒島。
黒島（声）「試しに彼氏の名前を書いてみたら、本当に殺されちゃったんですよ」

×　×　×

翔太　「それで火がついたの？」
黒島　「正直、〝殺したかったのに、ずるい。誰？〟とは思いましたけど。なので、次は私の番だと思って、赤池さんを殺らせてもらって」
翔太　「は？」
黒島　「引いた紙に【赤池美里】って書いてあったんで」

×　×　×

［回想　＃3　S30］
「メンチカツ」と連呼する美里。
黒島（声）「だからメンチカツ事件のあとに、赤池さんを慰めるふりをして…」

×　×　×

［回想　キウンクエ蔵前・1階エントランス］
黒島と美里が会話している。
黒島　「えっ、じゃあすぐ誕生日じゃないですか、パーティーしないと」
美里　「えぇ…、私の誕生日なんて、誰も祝ってくれないから…」
黒島　「大丈夫ですよ、なんかサプライズで、旦那さんとおばあちゃん、ビックリさせて楽しい会にしましょうよ」
美里　「でもほんと、嫌われてるから、私…（とうつむいて泣く）」

黒島　「大丈夫です、おばあちゃんがびっくりして、心臓麻痺起こすくらいのサプライズ考えときますんで」

美里　「…（うつむいたまま、なぜかニヤリと笑う）」

×　　×　　×

[回想 ＃4～その続き]

美里がケーキを持ってくる。困惑している吾朗と幸子。

一方、黒島は奥の部屋に隠れている。

黒島（声）「蝋燭《ろうそく》が消えたのを合図に、美里さんの好きな曲かけてあげて、出ていくことになって…」

美里、蝋燭を消す。

黒島（声）「物音隠すのに、爆音にして…」

黒島、リモコンのスイッチオン、大音量で流れる『ジュリアに傷心』。

吾朗　「なんだっ、おい、うるさいよ！」

幸子　「美里さん！」

と、叫んでいる幸子の顔にビニール袋が被せられる。

幸子　「ちょっと⁉」

吾朗　「（暗がりで動く人影に）なんだ？」

黒島、これまでの印象では想像できない素早さで、美里の真横から、口元に笑気ガスのスプレーを当て噴射する。

美里「!? (笑って)待って、私にサプライズ?」

黒島「はい。ビックリしてください」

と、美里の首を切る。飛び散る血しぶきを首だけ動かして避ける黒島。

美里、立ったまま首を押さえて、フラつきだす。黒島、美里を椅子まで誘導し、倒れ際にすばやく椅子を押すと、美里はそこへストンと座って絶命。

吾朗「はー? あっ……!」

黒島、吾朗の首を切り、息を吸おうと必死の口元に笑気ガスを当てる。

黒島(声)「それで、ゲームの一環だと思わせた方がみなさんが殺し合ってくれるんじゃないかと思って」

黒島、ケーキのプレートをすり替える。その後、ケーキの蝋燭に火を点け、音楽を止め、窓を開ける。窓から入る風が、黒島の髪を揺らす。すっきりとした表情の黒島。

× × ×

翔太「どうしておばあちゃんにだけ手出さなかったの」

黒島「あ…」

× × ×

［回想］

風を浴びていた黒島、ちょこんと振り返り（その可愛さが狂気に見える）、と笑いかける。

黒島　「それ、すごく似合ってる。長生きしてね」

×　×　×

黒島　「まあ（ほんの少し印象的に言葉を探して）、ほっといてももうすぐ死ぬ老人、殺すのって（笑って）ひどくないですか？」

翔太　「は？（怒りつつ唖然）」

黒島　「あっ、その後にすぐに翔太さん、来たじゃないですか？」

×　×　×

［回想］

玄関のチャイムと翔太の声が聞こえる。

黒島　「…！」

慌てて逃げようとして、ふと美里と吾朗の表情が気になり、口角を整える。その後、すぐに寝室に隠れる。部屋に入ってくる翔太達の声。

翔太　「赤池さん！」

藤井（声）「あの…俺、呼んでくるっ！」

菜奈　「おばあちゃん！」
黒島、藤井が警察を呼びに行ったタイミングで部屋を抜け出し、外階段から逃走していく。

×　　×　　×

黒島　「あの時に見つけてくれてればねぇ、惜しかったですね」
翔太　「(二階堂に) こいつ、頭おかしいだろ！」
二階堂　「僕だって思いましたよ！　でも、彼女には彼女なりの理由が…」
翔太　「どんな理由があろうとな…!!」
二階堂　「聞いてあげてください！」
翔太　「…」

11　立ち食い給食3年C組・店内

木下と西村の会話が続いている。木下、改めて日誌に目を通していたが、
木下　「やっぱり、〝生きる意味あるか〟ってだけで自殺したとは…」
西村　「だから、あの日ね…。そうだ、あんたとも会った日ですよ」

×　　×　　×

[回想 キウンクエ蔵前 前の路上]

西村（声）「床島さんとは麻雀仲間だったんだけど、あの日は来なくて…」

車が止まり、中から西村が降りてくる。運転席の嫌みな目つきの男（吉村）が、

吉村「おい！　床島に言っておけよ、約束破るなって」

西村「吉村さんが、床島さんばかり狙ってあがるからですよ」

吉村「嫌なら麻雀やめろって言っとけ。どうせそのうち死ぬんだろ？　へへへ…」

車、走り去る。西村、敷地内へ。

[回想 ＃11階エントランス]

木下が掲示板を睨んでいる。西村がそこへ来て、短い会話。

西村（声）「病気のことで悩んでたし、ちょっと心配で…」

[管理人室]

西村が管理人室に入る。が、床島はいない。西村、机の上の日誌を見つける。

西村「…」

西村（声）「見えるところに置いてあって、なんだか読んで欲しいのかなって…」

[管理人室　5分後]

西村が日誌を読み込んでいる。

西村（声）「交換殺人ゲームで、【管理人さん】っていう紙引いて、あの人意外と繊細だか

らショックだったのか、生きてる意味まで話が発展しちゃってて。なんか、遺書みたいだなって…。そしたら…」

西村、日誌を閉じて、管理人室を出ていく。

×　　×　　×

[回想　西村の部屋前の廊下]

西村が玄関を開けようとしたところで、着信。

床島(声)「(オリジナルの鼻歌を歌っている)」

西村「…床島さん？　大丈夫ですか？」

床島(声)「…大丈夫じゃねぇよ。俺はな今日の今日こそ死ぬぞ」

西村「…今、どこですか？」

×　　×　　×

[回想　屋上]

西村が慌てた様子で屋上へ。

床島「何だよ…。絡まっちまったじゃねえか」

と、コードを自分の体に絡めた床島が柵の外に立っていた。

床島「あぁ、さすが、西村ちゃん」

西村「なにしてんすか」

床島「吉村にも電話したけどよ、あの野郎はやっぱり冷てえな」
西村「…」

×　×　×

12　ホテルグランドすみだ・707号室

翔太、黒島、二階堂の会話が続いている。
翔太「仲間が欲しかった?」
黒島「寂しいと言えば寂しいんですよ。なかなかいないですから、人を殺せる人間なんて。でも、結構ゲーム、サクサク進んでたじゃないですか?」
翔太「…」
黒島「わ、嬉しいーと思って。人間誰しも人殺しになる可能性、あるんだなぁって」

×　×　×

[回想 #19 S14]
淳一郎が撮影した動画。黒島が波止にDVを受けている。

×　×　×

黒島(声)「中でも、波止君を殺した人なんて、脅迫とかされてないのに、殺したのかなって」

黒島　「つまり私と同じタイプの人間な気がして、会ってみたくなって」

×　×　×

翔太　「は？」

黒島　「ゲームを進めてあの表を埋めていくことが一番の近道かなって。紙に名前の書かれていた児嶋さんから…」

×　×　×

[回想 #6 S39]

黒島の部屋で、菜奈と早苗がボードを見て、推理をしている。

×　×　×

[回想 102号室・佳世の部屋]

102号室のインターホンを押す黒島。

佳世　「はい」

黒島　「北川さんと揉めてたんで、心配になっちゃって…大丈夫ですか？」

佳世　「あ…どうぞ」

佳世、黒島を部屋に上げる。※内山の回想と同じ。

[5分後 リビング]

佳世が手に笑気ガスのボンベを持っている。顔は笑いながらも引きつっている。

　よく見ると黒島が後ろから荷物紐で首を絞めている。

黒島（声）「…〝リラックスできるアロマガスです〟なんて言って、そんな嘘、よく信じたなって思いましたけど」

黒島「（壁の英語を読んで）マイ・ネーム・イズ・（コジマカヨの部分だけ読み替えて）サワ・クロシマ・ナイス・トュ・ミー・トュー」

佳世「…（絶命）」

　黒島、口角を整え、立ち去ろうとして、リビングのゴルフバッグと宅配伝票に気付く。

黒島「…（どこかへ電話しだす）」

黒島（声）「それだけで終わりで良かったんですけど、内山が手伝うって言うんで、運搬と処理だけは任せました」

[30分後]

　　　　　　　×　　　×　　　×

　宅配業者姿の内山が、スーツケースを持って部屋に入ってくる。

黒島「彼は、私と同じ種類の人間になりたいって必死だったんで」

翔太「…」

二階堂「…（聞いてる話と違う気がしてきた）」

13　キウンクエ蔵前・屋上（西村の回想）

西村「戻りましょうよ、冷えちゃいますよ」
床島「ねぇ、西村ちゃんはなんのために生きてんの？」
西村「…え？　まぁそこそこ稼いで、いい女抱いて」
床島「それ、幸せ？」
西村「まさか、〝幸せは金で買えない〟みたいな青臭いこと言わないですよね？」
床島「…（答えずに）今日さ、引っ越してきた奥さん、幸せそうだったよ」
西村「…」
床島「旦那に愛されてる感じがビシビシ伝わってきてよ、俺は、すげぇ卑屈な気持になったよ。俺のことは、誰も愛しちゃくれねえもんな」
西村「そんなこと、ないんじゃないですか」
床島「榎本なんてな死ねって言ってんだよ！　俺に！」
と、【管理人さん】と書かれた紙を見せる。
西村「…今、ちょっと日誌、読んじゃいましたけど」
床島「おう、じゃあ話早ぇわ。お望み通り、４０２の前で首吊って死んでやるよ」

西村「すごい迷惑ですよ、やめましょう」
床島「俺は、何だっていいんだよ！」
西村「とにかく落ち着いて、いったん家帰って、風呂入って」
床島「車で帰ろうとしたら、鍵がねぇんだよぉ…！　もんどり打ったりだよ！」
西村「あ…、踏んだり蹴ったり、ですか？」
床島のポケットの中の携帯が鳴り出す。
床島「それ…。それだよ、西村ちゃん」
床島、さびしく笑って、そのまま落ちる。
西村「…！」
西村、下を覗き込む。
西村(声)「その時はまだ生きてたんだけど」
西村「今、助けますから！」
と、言って、階段に向かおうとした時、菜奈と翔太、そして床島の叫び声、そして落下音――。
西村「…（残された【管理人さん】の紙を見つめる）」

14　立ち食い給食3年C組・店内

木下と西村の会話が続いている。

木下「…どうして黙ってたんですか？」

西村「短気で自己中でどうしようもなく面倒な人だったけど感情のまま生きてるのが、羨ましくて、好きだったんだよ」

木下「…」

西村「だから、今考えると、八つ当たりなんだけど、榎本さんに嫌がらせしてやろうと思って、改めて日誌持ち出してさ、榎本さんの家の子供のこととか書いてあったから」

×　×　×

［回想　1階エントランス］

西村が掲示板に【管理人さん】の紙を貼っている。

西村（声）「掲示板にゲームの紙を貼ったり」

×　×　×

［回想　3年C組　事務所］

西村が『やることをやれ』と手紙を書いている。

西村（声）「息子の写真と一緒に脅迫状を送ったりして…」

×　×　×

木下「そしたら、ゲームが進行していると勘違いした榎本さんはDr.山際を殺してしまった」

西村「その時点では、まさか自分のせいだとは思わなかったけど、マンション内で人が死んでいくたびにまさかと思って」

木下「誰にも言えなくなってしまった、と。…全部、あなたのせいじゃないですか」

西村「今話したでしょ？　私は決して…」

木下「誰も殺していなくても、初めのドミノを倒したのは、あなたです！」

西村「…」

15　ホテルグランドすみだ・707号室

翔太、黒島、二階堂の会話が続いている。

黒島「それからもゲームを進めたくて、脅迫状を送ったりしてたら…」

×　×　×

［回想　＃7　S24、26］

大量の脅迫状や、実家の写真に怯える久住。

黒島(声)「久住さんには効果あったんですけど」

黒島「浮田さんが感づいちゃって…」

× × ×

× × ×

[回想 202号室・黒島の部屋・玄関]

浮田と黒島が会話している。

浮田「俺が書いた紙、引いたよな?」

[回想#1、#5浮田表情インサート]

浮田「俺の小さい字を、目を細めて見てたのわかってんだよ」

黒島「…」

浮田「ま、いいや。俺も掘られるとまずい過去はちょこちょこあるわけで…、君がなにしようが気にしないよ」

黒島「すいません、何のお話だか…」

浮田「ただよぉ!(あえて肩を掴んで)、俺もまだまだ若い連中の面倒みてやりてぇからよ、素人同士の殺し合いに巻き込むなって。いや、ごめん」

浮田、去っていく。

黒島　「…」
黒島、浮田の背中を見ながら、携帯を取り出し、
黒島　「もしもし、内山？　靴貸してくんない？」

× × ×

[回想 リサイクルショップ]
リサイクルショップで足を刺され、救急車を呼ぼうとしている浮田。
浮田　「!?」
黒島、突然、背後から笑気ガスのスプレーを当てる。
浮田　「あんた…」
黒島　「大丈夫ですか？　これ、スポーツ用の麻酔です」
浮田　「(と吸うが、すぐはずして) っていうか、なにしてんだよ！　あぁ…！」
黒島、針金で首を絞め、さらにもう一巻きして、スプレー缶ごと締め上げ、強制的に吸わせる。
浮田　「！」
黒島、携帯を取り上げ、背負う形で首を絞めながら、店の奥へ運んでいく。
両手で宙を掻く浮田、棚の物が通路に散乱する。

× × ×

トイレで浮田を下ろそうとし、さすがの体重差によろける黒島。
壁に足をついてしまう。
西尾(声)「浮田?」
黒島、慌てて逃げる。

× × ×

翔太・二階堂「……」
黒島「……まぁ、浮田さんはゲームとは関係なかったんで、軌道修正して、内山に甲野さんを殺らせたんですけど」
翔太「じゃあ甲野さんが笑ってなかったのって……」

× × ×

[回想 #8 S46]
甲野、吐血しながら倒れる。

× × ×

黒島「内山の凡ミスですね」
翔太・二階堂「……」
黒島「遺族は悲しむんだから、せめて笑顔にしておいてねって、散々言ったんですけどねぇ。慣れてないんで、あの人」

翔太　「お前は随分慣れてるんだな」
黒島　「あ、はい。この頃には、消去法で波止君を殺したのが田宮さんだって感づいてたんで、内山がポケットから回収してきた名札を形見分けで送ってあげたり、四十九日の香典も代わりに送っておいたり、初心者の内山とはアフターケアが違いますから、私は」
二階堂「…あの、黒島さん」
黒島　「でも田宮さんって知れば知るほど真面目なだけで、とてもじゃないけど仲間にはなれないなって。そういう意味じゃ総一君の方が素質あったと思うんですけど」
二階堂「黒島さん！」
黒島　「はい」
二階堂「僕は、君が罪の意識に耐えきれなくて死にたいって、でも他に犯人がいるように見せかけて、死んだ後に罪がバレないようにしたいって言うから協力をしたんだよ？　娘が殺人犯だと知ったら親が悲しむからって」
黒島　「…（ポツリと）うちの親も気付いてると思いますけど」
二階堂「？」
翔太　「何？　どーやん、こいつの自殺手伝おうとしてたの？」
二階堂「いえ、自首して欲しかったんです。でも、気の済むまでやらないと、結局自殺

黒島　しちゃいそうだったので」
翔太　「えー…、本当に殺してもらえると思ったのに」
黒島　「お前は何がしたいんだよ！」
翔太　「だから、もっともっと人を殺したくて、でもダメなことっていうのもわかってるんで、誰か止めて？　っていう…」
黒島　「自分で止めろよ!!」
翔太　「だからぁ！　自分からはやめられないんです。寿命で死ぬか、誰かに殺されるまで、やり続けます」
二階堂　「…ごめん、これ以上、君の味方でいるのは」
黒島　「あ、わかった。じゃあ最後にそのレバーだけ、クイっといける？」
二階堂　「…どうして？」
黒島　「（表情が変わり）二階堂さんになら止められたい。私を…殺してください」
二階堂　「…無理だよ」
黒島　「え、内山は線路に突き落としてくれたよ？　死ななかったけど。私のこと愛してるなら…」
二階堂　「…」
翔太　「愛とか関係ねぇからな！　それ」

翔太　　翔太、無理矢理立ち上がり、黒島に近づいて、
「お前は、自分のことばっかり考えてんじゃねえかよ。愛ってそういうんじゃないからな！　愛ってもっとすげぇんだぞ！　どーやんなんかさ、最初はゼリー食って動くＡＩみたいな奴だったのに、お前に恋して、どんどん感情豊かになって、飯もちゃんと食うようになって、デートとかキスとかしたんだろう!?　それ全部、どーやんが、食欲とか性欲で動いたと思ってんの？　全部お前のための愛情で動いたんだよ!!」

黒島、翔太を蹴り飛ばす。

黒島　「（吹き出す）すっごい、愛を語りますよね。菜奈さんも幸せだったでしょうね」
翔太　「挑発してんのか」
黒島　「本気でうらやましいと思ってます。私はいつもひとりだったんで」
翔太　「じゃあなんで殺したんだよ！」
黒島　「気付かれたからですよ」

×　　×　　×

［回想　警察病院］

黒島、意識不明で入院中の翔太をお見舞いに来ている。

黒島（声）「翔太さんが入院している時、私、お見舞いに行ったんです」

黒島、菜奈が廊下で電話しているのに気付く。

菜奈は黒島に背中を向けていて、気付いていない。

菜奈「そちらに、藤井淳史先生がいらっしゃると思うんですけど、先生のお誕生日を教えていただければと思いまして。個人情報…？　そうですよね…」

黒島「…（怖い顔で見ている）」

×　×　×

数分後。翔太の病室。翔太が寝ている。菜奈と黒島が会話している。

黒島「菜奈さん、無理してませんか？　心配です」

菜奈「ありがとう。でも早く目を覚まして欲しくて」

黒島「わかりますけど…」

菜奈「ま、私のわがままなんだけどね」

黒島「わがまま？」

菜奈「うん、実は、式場を予約したの。最初は、〝この年でウェディングドレスはねぇ〟なんて言って、断ってたんだけど、いざ予約すると、私の方が楽しみで」

黒島「（微笑む）」

菜奈「まだキャンセル待ちなんだけどね。…せっかくだから、それまでに元気になって欲しいなって」

黒島「えっと…、お二人ってまだ…？」

菜奈「あ、そっか。うん、実は正式には籍が入ってなくて」

黒島「へぇ…（と視線の先に菜奈のカバン。はみだしている『さわやかすみだ』に気付く）

×　×　×

翔太、菜奈のことを思い出し、涙を堪《こら》えている。

翔太「…」

×　×　×

［回想 特別編］

翔太「来年のさ、誕生日プレゼント予約してもいい？」

菜奈「うん、何が良い？」

翔太「菜奈ちゃんのウェディングドレス姿！」

菜奈「ヤダー。着ないよ」

×　×　×

菜奈「そういえば、黒島ちゃんって、お誕生日いつ？」

黒島「あ、12月3日です」

菜奈「…そう」

黒島「…」

黒島(声)「あぁ、菜奈さん、気付き始めてるなって、咄嗟《とっさ》に嘘をつきました」

×　×　×

黒島「まぁまだ私にまではたどりついてなかったと思うんですけど、先手を打とうと思って」

翔太「もういい…」

黒島「内山がインターンで病院に自由に出入りできたんで…」

×　×　×

[回想 翔太の病室]

翔太のベッドに突っ伏して眠っていた菜奈、目を覚ますと、腕に点滴が刺さっている。

菜奈「…?」

ナース姿の黒島の横で、内山が寝ている翔太の首元に注射器を当てている。

黒島「(シィーのポーズ)大きな声を出すと、翔太さんの命がすぐになくなります」

菜奈「黒島ちゃん?」

×　×　×

16　同・外観（撮影済み）

南がホテル前までやってきた。

17　キウンクエ蔵前・前の路上

覆面パトカーから水城、刑事①②③が降りてくる。
一同、敷地内へ駆け込む。

18　ホテルグランドすみだ・707号室／翔太の病室（回想）

×　×　×

［回想］
黒島「この点滴には、10分で楽になれるお薬が入っています。キリンだと菜奈さんが、ゾウさんだと翔太さんが…」
内山「違うんじゃない?」
黒島「え、なんかフランス語で、キリンが女性名詞で、ゾウが…」

内山「あ、そうだ。合ってます、合ってます」
黒島「…（機嫌悪い顔）」
内山「（察して）なにかあったら呼んでください（と出ていく）」
菜奈、翔太の腕にも点滴が刺さっていることを確認。
チューブにはゾウとキリンのクリップが。
菜奈「私…、ミステリーの読みすぎかな。黒島ちゃんがこういうことする気持ち、わかる気がするよ」
黒島「多分、勘違いですよぉー」
菜奈「ごめん…。でもね」
黒島「菜奈さん、やっぱりキリンを選びます？　翔太さんのこと愛してるから」
菜奈「うん…。黒島ちゃんも愛されたい？」
黒島「あぁ、全然。でも興味はありますよ。愛とかなんとかわかってた方が殺しがいがあるんで。…例えば、虫って殺しててもつまらないんですよ。何考えてるかわからないので」
菜奈「…」
黒島「さぁ、選びましょうか」
菜奈「黒島ちゃん、…私、もっと翔太君と一緒にいたい」

黒島「はい。他になにか？」

菜奈「だから…お願い…助けて」

黒島「あっ、翔太さんの意識が戻らなかった場合、お2人とも無駄死の可能性もあるんですけど、大丈夫ですか？」

菜奈「翔太君は、戻ってくる。絶対に」

黒島「なぜなら愛の力で、って感じですかね。じゃ、そろそろ」

と、黒島、携帯を取り出し、

黒島「さあ、選んでください。ゾウさんですか、キリンさんですか」

菜奈「うっ……キリン…」

× × ×

［707号室］

黒島「その後は見た方が早いですかね」

黒島、翔太にスマホを見せる。

× × ×

［動画］

撮影者「すみません、カメラ目線でお願いしま〜す」

菜奈、目に涙を浮かべながらも、笑顔を作る。

菜奈「翔太君…。私…。翔太君と出会えて、まだ1年も経ってないけど、こんなに誰かに愛されたことなくて、自分が、すごく変わっていくのがわかったの。翔太君のことはもちろん、自分のことも愛せるようになった。幸せだったよ。幸せって言葉じゃ表しきれないくらい幸せだったよ。大好き…。いつも笑っていてくれて、ありがとう。好きになってくれて、ありがとう。……大好き。もっと一緒にいたかった…、ごめんね…、ありがとう、翔太君…」

薬が落ち始めたらしく、だんだんと苦しそうになる菜奈。

眠っている翔太になんとか近づいてキスする。撮影者がスマホを手放したようで、画面は天井を映している。笑気ガスのスプレーの音がする。

菜奈（声）「翔太君…あ…あっ…」

という菜奈の消え入るような声が聞こえたところで、動画は終わる。

× × ×

黒島「自分が寝てる真横で死んだなんて、ショックですよねぇ？」

翔太「！！！！（言葉にならない音）」

翔太、言葉にならない音を発しながら、スマホを持つ黒島の手を掴み、押し倒すとギロチンチョークで殺そうとする。

二階堂「手塚さん！」

二階堂、後ろから翔太を引き離す。2人、ダーツのあるテーブルの近くに倒れ込む。

黒島「で、死体はリネンカートに突っ込んで、部屋まで運んで、寝かせて…」

と、話を続ける黒島に、再び飛びかかろうとする翔太と止める二階堂が揉み合う。

翔太「ふざけんな!!」

と、ドアを激しくノックする音。

19 同・廊下

南がドアをノックしてる。

南「手塚さん? 二階堂君?」

20 同・707号室

二階堂「南さん?」

南(声)「いるの?」

黒島、ドアの方に注意が向く。

翔太「南さ…!!」

二階堂が翔太の口をふさぐ。黒島、慌ててシーツを手に取る。
翔太、テーブルの上のダーツに視線を走らせる。

南(声)「いるんでしょ⁉」

21 同・廊下

南がまだノックしている。

南「返事して？」
と、いきなりホテルマンに腕を掴まれる。

ホテルマン「すいません、他のお客様のご迷惑に」

南「いや、中で大変なことが起きてるかもしれなくて」

22 キウンクエ蔵前・管理人室

水城と刑事達が蓬田に詰め寄っている。

蓬田「いや、だから黒島さんの部屋は分譲なんで、スペアキーは預かってません！」

水城「くそ！」

蓬田　「あっ、ただ、202と502は確かオーナーが一緒なんで、会社に聞けば、そっちから借りれるかもしれません」
水城　「すぐ連絡しろ！　ほら、おい！」

23　ホテルグランドすみだ・707号室

一同が息を殺している。
黒島が、シーツを翔太にかぶせ、シーツの上から翔太の口を押さえている。
翔太　「うっ……！」

24　同・廊下

南　「おい、離せよ…おい！」
ホテルマンと警備員に腕をかかえられながらホテルから追い出される南。

25　同・707号室

南（声）「手塚さーん！　二階堂くーん！」
　南の声が遠ざかっていく。
二階堂「（黒島に）ここまでにしましょう」
　テーブルの上からダーツが消えている。
黒島「（シーツの中の翔太を指して）顔が見えなければ、殺せる？」
二階堂「え？」
黒島「後の面倒が心配だけど、とりあえず殺してみようか？」
　シーツの中の翔太、手にしたダーツで足の拘束を切っている。
黒島「私のこと好きなら、私と同じ種類の人間になってよ」
二階堂「その後、内山みたいに僕も殺すの？」
黒島「内山は、自分からあれをやりたがったの」
二階堂「は？」
黒島「線路に落ちても生きてた私にあの人、感動してたから。〝僕も、命を粗末に扱いたい〟って」
二階堂「…もしかしてあの盗聴器…」

黒島　「うん」

×　×　×

[回想 黒島の部屋]

盗聴器を自分で仕掛ける黒島。

黒島(声)「私が仕掛けた」

×　×　×

黒島　「うまく見つけてくれるかなぁって思ってたけど、絶妙のタイミングでコーヒーこぼしたね」

×　×　×

[回想 #16+新撮]

コーヒーをこぼす二階堂。拭く物を探しにキッチンへ行く黒島。

キッチンから、盗聴器に気付く二階堂をニヤリと見ている黒島。

×　×　×

[回想 どこかの路上]

内山が電話で話している。

内山　「も…もしも死んじゃった時はさ、犬死にはもったいないからさぁ、沙和さんの罪、全部被れるようにしておくよ」

[回想　303号室]

黒島(声)「それで内山にマスターキーを…、あ、303に放置された時に手に入れたやつですけど」

黒島が段ボールから出てきて、あたりを見回す。

正志が置いていった鍵を見つける。

黒島「…」

鍵を拾い、物音に気付いて箱の中へ。

×　×　×

[回想　#15　S8]

警官が303の中に入ってきて、段ボールを開ける。

中には縛られた黒島が…。

×　×　×

[回想　301号室]

動画を撮る内山。

黒島(声)「…それを貸したら、勝手に尾野さんの部屋に入って動画撮ったりしてましたけど」

×　×　×

黒島　「〝犬死にもったいない〟とか言ってる時点で、ちょっと私の考えとは違うんですよね。だから、こっそりダーツの先に毒塗って…。あっ、結局私が殺してた（てへぺろ）」

と、突然、翔太がシーツをはいで、立ち上がる。

手にしたダーツで足の拘束は切っている。

翔太　「あっ…！」

二階堂　「!?」

翔太、そのまま黒島を蹴り飛ばし、倒れた黒島に馬乗りになる。

※（黒島が没収していた）翔太のスマホが、シーツの上に転がり出る。

手は拘束されたままだが、ダーツはしっかり握っている。

黒島　「あっ！」

二階堂　「手塚さん！」

二階堂、再び、翔太を止めに入るが、翔太、はじき飛ばす。

翔太　「こんな奴でも、まだ殺さないでって言うつもり?」

二階堂　「はい…初めて好きになった人なんです」

翔太　「…」

黒島　「死んでる菜奈さんを見つけた時の翔太さんの顔、すごかったですね」

翔太、ダーツを振り上げる。

二階堂「だから！　…黒島さんは殺されたがってるんです。わざと手塚さんを挑発しているんです！」

翔太「殺した方がいいだろ!!　こんな、おかしい奴…」

黒島「我慢する方がおかしいでしょ？」

翔太・二階堂「…」

黒島「好きなの！　人を殺すのが！　止められないの！　誰かを殺すこと考えると、身体の奥の方から力が湧いて来るの！　感動するの！　泣けてくるの！　生きてる意味があるなって思えるの！　それ、押さえなきゃダメ？」

翔太「人殺しはダメなことだって、自分でも言ったよな？」

黒島「じゃあ翔太さん、菜奈さんを好きになるの止められる？」

翔太「それとこれとは…!!」

黒島「結局、不倫でしょ？　社会的、法律的、倫理的にダメなことなのに愛したんでしょ？」

翔太「知らなかったし…籍が入ったままだって」

黒島「知ってたら愛さなかったの？　世間のルールの範囲内で、菜奈さんを愛して、そこをはみでたら、愛するのをやめちゃうの？」

翔太　「やめるわけないよ」
黒島　「ほら、同じじゃん！　私は、人を殺すことを愛してるの。やめられないよ…」
翔太　「俺が、菜奈ちゃんを愛する気持ちと、君が、人を殺したいと思う気持ちが一緒？」

翔太、再び、前傾姿勢になり、ダーツを近づける。
※膝下で、ＡＩ菜奈ちゃんが起動する。

翔太　「菜奈ちゃんは!!　そんな…」
菜奈（ＡＩ）「どうしたの？　翔太君」
一同　「!?」
黒島　「何かを強く愛してるって意味では、私も翔太さんも一緒ですよ」
翔太　「（携帯を見つめ）そうかも、しれないね…」
二階堂「手塚さん…？」
翔太　「…とでも言うと思った？」
黒島　「…」
翔太　「君のは愛じゃない。もし本当に愛なら、それが本当に大切にしているものなら、同じように他人が大切にしている愛を奪おうなんて思えないんだよ！」
黒島　「…」

菜奈（AI）「怒ってるの？」

翔太　「怒ってるよ!!」

　　　翔太、再び立ち上がり、ダーツを持ったまま手を振り上げる。

　　　翔太、そのまま手を振り下ろす。

　　　二階堂、思わず目をつぶる。

　　　静寂。

翔太　「あぁっ…」

　　　二階堂が恐る恐る目を開けると、翔太がダーツで黒島を刺していた…と思いきや、拘束された腕の間に黒島をすっぽりはめ、抱きしめるような格好に。

翔太　「おっと…。フゥ…」

二階堂「…。…？」

菜奈（AI）「怒ってても、抱きしめる人。それが手塚翔太」

翔太　「さすが菜奈ちゃん。ブルだよ、ブル」

黒島　「…？」

翔太　「どーやん、ごめんね。黒島ちゃん、ハグしちゃって。でも、このまま警察連れていくからね」

黒島　「!?」

翔太　「よいしょ！　うわ…軽っ！」
翔太、黒島をベアハッグしたまま、ベッドを飛び降り、携帯を掴むと部屋を出ようとする。
二階堂「（思わず呼び止めて）黒島さん！」
黒島　「…ひまわり畑にいる時は、一瞬だけ、このまま普通の人になれるかもって思えた。…ありがとう」
二階堂「…」
翔太　「連れてくよ」
翔太、去っていく。
二階堂、黒島を目で追うが、ドアがゆっくり閉まっていく。

26　キウンクエ蔵前・202号室・黒島の部屋

水城と刑事達が。ようやく鍵を借りて黒島の部屋を捜査している。

ダイニングテーブルの上にあった大きな箱の中から、異常な量の犯行の証拠が続々。犯行時に来ていた服（黒服、ナース服）、手袋、点滴、マスターキー、菜奈のスマホ…、赤池家から持ち出したもの、佳世の英語教材、その一番下に、錆び付いたナイフと、穂香の片方の靴…。
その他、ドラマ内では触れていない物が沢山あり、余罪がある感じ…。
刑事②「マスターキーに、これは手塚菜奈のスマホでしょうか…」
水城「なんで部屋の真ん中に」
刑事②「捕まえて欲しかったって感じですね」
と、南が刑事①に押さえられながらも入ってくる。
刑事①「だからダメですって」
南「黒島は？」
水城「なんですか？」
南「ホテル・グランドすみだを調べてくれ。そこに手塚さんと二階堂君の死体があるかもしれん！」
水城「は？」
刑事③「行きましょう」
水城「頼んだ！」
刑事①「はい」
刑事①、③がホテルへ向かうため、走り去る。
南、穂香の片方の靴に気付く。

刑事②「触らないでください！」

南、構わず靴を手に取る。

水城「ちょっと！」

南「これ…。これ…、…娘の、…初めて運動会で一等賞になって、それから、ずっと…、きつくなっても…、これ、ずっと…、……（その後は泣いてしまって言葉にならない）」

水城「…」

27 チャペル・外観（10月19日・翔太の誕生日）

28 チャペル

翔太が祭壇前に1人で立っている。

まるで菜奈の視点のように、バージンロードを翔太へと近づいていくカメラ。

翔太、振り返る。

もちろん誰もいない。

翔太「…」

が、もう一度、祭壇へ視線を戻すと、そこにウェディングドレス姿の菜奈がいた。

菜奈「翔太君」

翔太「…菜奈ちゃん！」

もちろんそれも幻。

音楽。

翔太、誰もいない空間に、

翔太「……ずっと、一緒だよ」

そう言い残して、翔太、去りかける。

と、一番後ろの席の一番端から二階堂があらわれた。

翔太「どーやん…」

二階堂「…ご結婚、おめでとうございます」

翔太「…ありがとう」

29 モンタージュ

主題歌の中、それぞれの場所での住民達の点描。

× × ×

［拘置所・面会室］

刑務所の面会室で会っている淳一郎と君子。

君子の持ってきた戯曲（ロミオとジュリエット）をガラス越しに見ながら、一緒に読み合わせしている。

× × ×

［裁判所］

早苗の初公判。正志が証人として出廷している。

早苗「…息子にしか、愛情を向けていなかったことを、今はとても後悔してます」

× × ×

［少年院・グラウンド］

宮沢賢治を読む総一。

早苗(声)「いつかまた家族3人で暮らせる日を…」

× × ×

［裁判所］

早苗、涙で言葉が続かない。

正志「…ママ…」

× × ×

［路上］

手をつないで歩く澄香とそら。

そら　「ママ」

そら、途中で自分が車道側に移って歩く。

澄香　「あー、車からママのこと守ってくれるの？」

そら　「うん」

澄香　「カッコいいじゃん！　そら」

×　×　×

［拘置所］

独房の藤井。窓の外の空を見ている。

×　×　×

［拘置所］

独房の桜木。藤井と同じ空を見ている。

×　×　×

［拘置所］

独房にて、エレベーターの業界誌「月刊　昇降機」を読んでいる久住。

×　×　×

［キウンクエ蔵前・前の路上］

健二も含め、道着を来て走り去る石崎一家。

× × ×

［102号室・奥の部屋］

佳世の写真に「行ってきます」と声をかけ、出勤する俊明。

× × ×

［501号室］

ワニを愛でている佐野。

× × ×

［公園］

シンイー、クオン、イクバルが会話している。

シンイー「本当に自首するだか？」

クオン「不法滞在のままだとシンイーと結婚できないから…」

シンイー「…！」

クオン「待っててくれる？」

シンイー「（泣きながらうなずく）」

イクバル「…（いじけて、ゆっくりとそっぽを向く）」

[3年C組]

働く西村。と、客がどよめく。

見ると、柿沼が片膝をついて妹尾にプロポーズしている。

柿沼　「(指輪の箱パカ!)あいりさん、僕と、結婚してください!!」

妹尾　「だから!　場所選べって…散々言っただろうがよ(嬉しい)」

妹尾、柿沼の胸にとびこむ。

柿沼　「アハハハ…。幸せにしますね」

×　×　×

×　×　×

[キウンクエ蔵前・前の路上]

ボストンバッグを持った南を、木下と蓬田が見送っている。

南　「さよなら」

蓬田　「動画、見ますからね」

南　「ありがとう!」

蓬田、木下の手をにぎる。

木下　「何、ニヤついてんのよ」

蓬田　「あかねさんもニヤけてますよ?」

木下　「してないよ」

歌、止まって、

×　×　×

[301号室]

尾野がなにやら一心に手帳を縫って閉じている。

尾野　「じゃあこないだ一緒にいた方って…?」

話しかけている相手は水城だった。

水城　「恥ずかしいんですが、マッチングアプリで知り合った女性でして…」

尾野　「へぇ…」

水城　「あの時間がないので、質問を」

尾野　「できた!　はい手帳です、手作りの。使うでしょう、刑事さん」

尾野、手帳を水城の前に差し出す。

水城　「いやぁ…、(パラパラとめくって)ひぃ!」

手帳の裏表紙に目が8つのイラスト。

尾野　「インディアンの魔除けです」

水城　「いや、僕もう、こういうのは…」

30　キウンクエ蔵前・敷地入口

水城が変な手帳を片手に、腕時計を見ながら、急ぎ足で去って行く。

31　幸子の施設『つつじケアハウス』

水城が幸子と話している。
遠くで、江藤がＰＣを開いて、仕事をしている。

水城「ひとつお伺いしたいことがあります」
幸子「なに、改まってんのよ、美里さん」
水城「あの、ですから、私は水城です。刑事の」
幸子「（マジマジと見て）美里さん、刑事になったの？」
水城「そのお芝居、やめていただけます？」
幸子「あなたこそ、訳のわからないことを」
水城「（遮って）黒島沙和さんは…あなたのお孫さんですよね？」
幸子「…（眉がぴくり）」

×　×　×

［回想＃20 S22］

蓬田　「あ、ただ、202と502は確かオーナーが一緒なので」

　　　×　　×　　×

水城　「彼女の部屋はあなたの名義になっていました。それで少し調べたんですが、黒島沙和の母親をご存じですよね？」

幸子　「…（鼻で笑って）私の亡くなった夫が、外に作った子ですよ」

水城　「でも何かと支援したり、随分可愛がったそうじゃないですか」

幸子　「誰に聞いたんだか、そんなデマ」

水城　「あなたは、知っていたんじゃないですか？　黒島沙和がどんな人間なのか？」

幸子　「沙和とは一緒に暮らしたこともないですし」

水城　「知りようがなかったですか？　調べてくれるような人もいなかった？」

なぜか仕事する江藤のカットが挟まる。

※水城は江藤について何も疑問に思っていない。

幸子　「さびしい年寄りですから」

水城　「では、娘さんに相談されて、手に負えない危険な孫を引き取ってあげたわけではないんですね？」

幸子　「どこからそういう妄想が」

水城「こちらの調べではですね…」

× × ×

[回想　301号室]

水城が尾野に話を聞いている。

尾野「シュシュなくしたんで、管理人室に落とし物届いてないかなと思って、行った時に…」

× × ×

[管理人室]

床島と美里の会話を尾野が物陰から聞いている。

床島「どうなってんだよ、遺産はよぉ」

美里「あの子が普通じゃないらしいってことはお話ししましたでしょ？」

床島「202のガキだろ？　ババアが渋々連れてきたんだろうが」

美里「あの子はキッカケさえあれば、絶対殺りますから。例えば、今度の住民会で…」

× × ×

水城(声)「金に困っていた床島を巻き込んで、美里さんが黒島沙和を刺激して、あなたを殺すように仕向けたんです」

× × ×

〔回想 ＃20 Ｓ10〕

黒島「おばあちゃんがびっくりして、心臓麻痺起こすくらいのサプライズ考えときますんで」

うつむいたままニヤリと笑う美里。

×　×　×

幸子「(驚きのあと、高笑い) 美里さんはやっぱりバカね。渋々？　いいえ、沙和は危ない子でしたけど、私にすごくなついてたんですよ！」

水城「やっぱり知ってたんじゃないですか！」

幸子「(鼻で笑う)」

水城「…… (察して) 何人死んだと思ってるんですか！　あなたなら止めることができたかもしれない！」

幸子「私の孫のことは私が決めます。沙和には大切な将来があり、過去の少々の過ちくらいで、台無しにさせるわけにはいきません！」

水城「みんながあなたを恨みますよ？」

江藤は相変わらず、ＰＣをいじっている。

32　キウンクエ蔵前・302号室（数日後）

翔太と二階堂が鍋を食べている。
言葉はない。

翔太「そろそろ、お鍋の季節に近づいてるね」
二階堂「はい」
翔太「…いつまでも落ち込んでていいからね。黒島ちゃんのこと」
二階堂「…え？」
翔太「その代わり、ひとりで落ち込まないで」
二階堂「…手塚さんも」
翔太「ねえねえ、どーやん、そろそろ、俺のことショウって呼んでみ…」
二階堂「嫌です」
翔太「早いなぁ」
二階堂「すいません（と笑う）」
翔太「（笑い返す）早ぇぇ」
と、インターホンが鳴る。
翔太「ん？　ん…？」

モニターには何も映っていない。

翔太「あれ？」

二階堂「え？」

33　同・302前廊下

翔太と二階堂がそっとドアを開ける。

廊下には誰もいない。

翔太・二階堂「…？」

翔太と二階堂が部屋に戻ろうとすると、カラカラと音がする。

翔太「は？」

ふと見ると、廊下の先から、無人の車椅子がこちらに向かってやってくる。

翔太「え？　何…？」

二階堂「!?」

車椅子が翔太と二階堂の前まで来て、自然に止まる。

座面には子供が書いたような文字で【あなたの番です】と書かれた紙が。

34　どこかの屋上

幸子が両手をしばられて屋上の縁に座らされている。

幸子「…（恐怖で言葉が出ない）」

幸子、自分に近づいてくる人間の顔を見た。

幸子「…！」

が、なぜ自分が報いを受けなければいけないのか、理解する間もなく、下へと落ちて行った！

【了】

脚本・福原充則インタヴュー
「あなたの番です」を振り返って

――全20話、お一人で書ききるのは大仕事だったと思いますが。

いや全然、さらっと書きました、なんて(笑)。とにかく頭の中のハードディスクがいっぱいになってしまうので、書いたそばから忘れていくようにしていました。11話以降を書く時には、前半をHuluで見直しながら筆を進めていきました。

――第20話のラストは意味ありげに終わっていきますね。

僕としては「わかりやすすぎるかな?」くらいの気持ちで書いていたんですが……。犯人はもう絞られていますしね。幸子が高い場所に座らされているのと、翔太と二階堂が鍋を食べているのとは同じ時間軸のつもりで書いているので、ということは翔太と二階堂ではないのは明白。だとしたら……。

と、最後まで言わないから面白いんですよね。このドラマは〝誰にでも殺したい人がいる〟というところからスタートしている。それは黒島一人が捕まったところで、そう簡単に終わることではないですから。〝犯人探し〟という形を取りつつ何を語るか、だと思っていましたし。でも、今回は書く側としても犯人探しに引っ張られてしまったかなという反省もあります。

——全体を通じて、いちばん大変だったことは何ですか？

なんでしょう、殺人シーンも思ったより制約なく描けましたし……。

そうだ、マンションの構造をいつまで経ってもうまく説明できなかったんですよ（笑）。階段が廊下の両端にあるんですけど、見てる人にはどっちがどっちかわからなくなってしまったんじゃないかと。あとはもう一か所くらい、マンションの中で〝使えそうな場所〟を増やしておきたかったですね。

マンション内での人間関係が中心だから、各部屋、廊下、エレベーターホール、地下の会議室、ゴミ捨て場のループで話が展開してしまう。

どうしても会話が多くなるので、画として飽きられていないかはすごく気になっていました。だから外に出られるシーンは書いていても楽しかったです。

——木下がポストにICレコーダーを入れて、「ここの住人は大事なことをポストの前でしゃべるのよね」と言うシーンもありましたね。

後半は、観る人にも、〝他の場所のセットがないこと〟がバレていたと思ったので、ご愛敬として…（苦笑）。

——登場人物が多いことについては、いかがでしたか？

むしろ多くてありがたかったですね。書きたいことを言ってくれるキャラがたくさんいましたから。もし人数が少なければ書けなかったことは結構あったと思います。

——回を重ねるにつれて話題も高まり、反響が大きくなっていったドラマだと思います。いま改めて振り返って、『あなたの番です』という作品をどう捉えていますか？

映画、ドラマ、舞台含め、自分が携わった作品の中で、『あなたの番です』はいちばん多くの方々に観て頂けたと思います。それはすごくありがたいし重要なことですね。

間口が広がれば広がるほど、自分の表現の外側にいる人達とも接点を持てたといいましょうか、普段生活しているだけでは絶対話をしないであろう人達に、〝自分の伝えたいこと〟を聞いてもらえる機会ができたと思います。伝わったかとか、伝わった上で納得してもらえたか、という問題はありますけど。まず聞いてもらう、ということも大事なことなので。例えばですけど、君子が言った「演劇とは何か」みたいなセリフって、ほとんどの人は興味もないし、触れることもない内容だと思うんです。そんなことをまったく演劇に興味のない方にも伝えられたことも、本筋とは関係ないんですけど、僕にとっては大事なことでした。

あとは、色々な登場人物の色々な価値観があって、それらを楽しむことで、受け入れやすくなるじゃないですか。例えば、尾野ってキャラクターは異常ですよ。でも、「ドラマを楽しむことで、現実世界にいる尾野ちゃん的人物を、優しい目で見れると良いな」っていう。そうして、「社会全体の許容範囲が広くなるといいな」って思いながら書いてました。

脚本・福原充則による各話レヴュー

第16話

内山達生が死ぬこと自体は最初から決まっていましたが、死に方についてはいくつも案が出ました。だからダーツを使って死ぬことになったのも、「ブッルで～す」と言うことが決まったのも直前です。

ひまわり畑のシーンは画がよかったですね。ハリウッド映画だと、とうもろこし畑なんかで、とうもろこしが倒れていった先にシリアルキラーが出てきたりするじゃないですか。そんな感じであそこで誰か殺したかったんですけどね。「ここで殺したいなぁ」とか考えながら、深夜に一人で脚本書いてるのもあれですが。

その同じ回で木下が蓮田蓮太郎に向かって「恋愛って、結構簡単に奇跡が起きるからね」と言うのは、ひまわり畑のようなわかりやすい恋愛シーンを書いてるうちに照れちゃって、ちょっと冷めたこと言わせて、バランス取りたくなっちゃったんですよね…。

神谷刑事が死んでからの水城刑事はかっこよかったですね。演じる皆川さんはね、すごいハンサムなんですよ、よく見ると。それで〝袴田吉彦は若い頃の俺にそっくり〟的な台詞も言ってもらったんです。

ハンサムといえば、佐野豪ですね。安藤政信さんがすごくハンサムに演じていらしたから、つい、いじるようなセリフを書いてしまいました（笑）。ハンサムに対して「ケッ！」って思う人もいますからね。いじることで、全ての人に愛されるハンサムでいて欲しかったんです。

第17話

だんだんまとめに入ってきて、あまり余計なことを書かなくなった感じがしますね（笑）。

内山の見せ場だと思いますが、〝自分がどういう人物なのか説明されていないまま、これまでの殺しについての説明をする〟というのはとても難しいわけですよね。ただ、演じる大内田悠平さんが、ここまでもいい雰囲気で内山という役を立ち上げてくれていたので、それを信じて直球で書きました。

田宮淳一郎と南雅和とのシーンは、よかったですね！　あれ、あと30分くらいやりたかった。まだまだいくらでも台詞を書けました。いい役者さんは台詞を書かせてくれますよ。あの二人でスピンオフドラマを書きたいくらいの演技でした。

これだけ登場人物がいると、いろんな人にいろんなことを言わせられるからいいな、と思います。たとえばこの回で舞台に打ち込む淳一郎に対して、君子が

「舞台とは…、ここでしか輝けない人間がすがる哀しい幻なんです」と言うセリフがありますが、あれは演じる長野里美さんの舞台を何度も見ていた僕が、個人的に言ってもらいたかっただけです（笑）。舞台が好きなのに、演劇や劇団というものをダサく描いていることに対する罪悪感もあったので、じゃあ演劇とはどういうことなのか、一言でいいから伝えたいという気持ちもありました。

第18話

18話はみんながキスする回ですよね。翔太と二階堂、二階堂と黒島、藤井と桜木も。翔太が二階堂を抱きしめるときに、ト書きに『翔太、二階堂を（やや特徴的に）抱きしめ、頬にキス』と書いたのは、その後に二階堂が黒島を抱きしめるための前フリですね。〝二階堂と黒島のラブシーンを、翔太との回想のインサートで邪魔する〟というのをやりたかったので（笑）。せっかくのキスなのに翔太とのことを思い出してしまうという、二階堂の情けなさを強調できていたら本望です。

その後の黒島に「……それで、おしまいですか？」という〝悪い女的〟なセリフを書いたのは楽しかったです。以前、コーヒーを買いに行ったら、たまたま知り合いの女の子が働いてる店で。で、その子に「今日来ると思ってました、昨日夢に出てきたんで」と言われたんですけど、直感的に「嘘だな」って思って。何だかぽぉっとするより、ゾッとしちゃったんです。そういう、〝誰にでも気に入られようとするウソをすぐ言える〟って、闇が深いなと。そんなことを思い出しながら書きました。だからこれは、黒島の恋心というよりは、無自覚の嘘です。二階堂を味方につけようとする。

佐野がワニを飼っているという秘密は最初から決まっていたことだったので、ようやくここで書けたなとほっとしました。このドラマって、僕は愛情の話だと思っているんです。翔太と菜奈、二階堂と黒島、木下と蓬田、田宮夫妻をはじめとするマンションの夫婦達……といろいろな二人がいるなかで、佐野とワニもカップルなんですよ。佐野がフルネームでワニを呼んだときに、「片思い感が出るといいな」というのはちょっとありました。名前を呼び捨てにしたらカップルじゃないですか。そうではなくて、上下関係、佐野が尻に敷かれている感じが出るといいなと。

ＡＩ菜奈ちゃんの「怒ってても抱きしめる人。それが手塚翔太」というセリフは結果として20話につながっていきますが、ここで書いたときにはまだ、ラストで使うつもりは特にありませんでした。

第19話

この回はやっぱり最後のカットが印象的でしたね。

二階堂が翔太の首を絞めるところ、「すごい顔してるな!」って、展開を知っているのに驚きましたから。

「〝主人公の近くに最初からいたいい子が真犯人〟って、ミステリーじゃ王道なんだよ」という翔太に、二階堂が「主人公を僕だと仮定したらどうなりますか?」と返す。ドラマを観るとき、人は当たり前のように主人公を定義しますが、本当の主人公か誰かなのかはわからないです。このドラマも、細川朝男が主人公で、彼が死んだ後に長いエピローグが続いている、と考えることもできなくもないですし。現実世界で悩みごとが重なったりしたら、自分を〝自分の人生の主人公〟と考えるのではなく、〝親友の人生に登場する脇役の一人にすぎない〟とか考えると、気持ちが楽になることもありますよ。

翔太が「犯人との最終対決といえば崖でしょ?」というのはありがちな内容ではあるんですが、どんどん展開が真面目になっていくのでどうしても入れたくて入れました。事件の解決に向かって突き進んでいくなかで、「翔太はバカだからそう簡単には解決しないぞ」と思って欲しかったんですよ。

第20話

ここまで書いてきて今更なんですが、あと5分欲しかったですね。翔太が黒島を抱きしめるところをもう少し丁寧に描きたかった。それと、尾野がホテルから帰らされた後の顛末も省略してしまったので。二階堂に帰された尾野がブチギレて……というシーンも一度は書いたんですけどね。それと、翔太と黒島の対峙と西村の告白とが並行して進みますが、南のシーンも入れられたらよかったな、とか。部屋に入るのを諦めない南が、上の階からダイハードのように入ってきたときにはもう誰もいない、とかね。

ただ、20話では1話から決めていたことを、ようやく言えました。黒島の「人を殺すのが好き」ということと、「誰かが誰かを愛している」ことが同一だという肯定の理屈、この倫理的にはよくない理屈を、はっきりと断言させたかったんです。もちろん肯定したいわけではないです。間違った考えに囚われてしまった者の悲痛な叫びを描きたかった。昨今の風潮では、間違っている時点で描けなかったりもするので。黒島がいい表情で「殺すことを愛してる」と言ってくれたので、報われた感じはありましたね。

破壊衝動みたいなものは誰にでもあって、それを人を傷つけずに解消することは、フィクションでしかできないと思っているんです。だから、そこを声高に言いたいという気持ちがあった。そのうえで、翔太が黒島の告白に何を反論するのか、どう対応するのかは、書いてみるまでわからなかったです。もしかしたら黒島の仲間になるかもしれないとさえ思っていた。でも結果、暴力で対抗するのではなく抱きしめることになった。許すことで勝つという戦いなんですよね。そこまで詳しく書いていませんが、田中圭さんにはちゃんと伝わって演じていただいたなと思いましたし、個人的には、〝20話、書き続けてきたこと〟が報われた気持ちになりました（笑）。

あなたの番です

キャスト

田中 圭 原田知世

西野七瀬　横浜流星　浅香航大　奈緒　山田真歩

三倉佳奈　大友花恋　金澤美穂　坪倉由幸（我が家）

中尾暢樹　小池亮介　井阪郁巳　荒木飛羽　前原 滉

袴田吉彦　片桐 仁　真飛 聖　和田聰宏

野間口徹　林 泰文　片岡礼子　皆川猿時

田中哲司　徳井 優　田中要次　長野里美

阪田マサノブ　大方斐紗子　峯村リエ

竹中直人　安藤政信

木村多江　生瀬勝久

＊

スタッフ

企画・原案：秋元 康

脚本：福原充則

音楽：林ゆうき　橘 麻美

チーフプロデューサー：池田健司

プロデューサー：鈴間広枝　松山雅則（トータルメディアコミュニケーション）

演出：佐久間紀佳　小室直子　中茎 強（AXON）内田秀実

制作協力：トータルメディアコミュニケーション

製作著作：日本テレビ

「あなたの番です」は日本テレビ系で2019年4月14日から9月8日まで毎週日曜の22時30分～23時25分に放送されていました。現在は、huluにて独占配信中です。

秋元 康

あきもと・やすし

1958年、東京生まれ。作詞家。東京藝術大学客員教授。高校時代から放送作家として頭角を現し、『ザ・ベストテン』など数々の番組構成を手がける。1983年以降、作詞家として、美空ひばり『川の流れのように』をはじめ、AKB48『恋するフォーチュンクッキー』、乃木坂46『シンクロニシティ』や欅坂46『黒い羊』など数多くのヒット曲を生む。2008年日本作詩大賞、2012年日本レコード大賞“作詩賞”、2013年アニー賞：長編アニメ部門“音楽賞”を受賞。2019年、《AI美空ひばり》のために作詞した『あれから』は多くの人々の感動を呼ぶ。

テレビドラマ・映画・CMやゲームの企画など、幅広いジャンルでも活躍。企画・原作の映画『着信アリ』はハリウッドリメイクされ、2008年1月『One Missed Call』としてアメリカで公開。2012年には『象の背中』（原作）が韓国JTBCでテレビドラマ化されている。2017年10月、『狂おしき真夏の一日』でオペラ初演出。2019年、企画・原案の日曜ドラマ『あなたの番です』（NTV系列）はSNSで高い注目を集め、最終回には同枠最高視聴率を記録。2020年1月、自身初となる作・演出の歌舞伎公演（市川海老蔵出演）が開幕。

福原充則

ふくはら・みつのり

1975年、神奈川県生まれ。脚本・演出家。2002年にピチチ5（クインテット）を旗揚げ。その後、ニッポンの河川、ベッド&メイキングスなど複数のユニットを立ち上げ、幅広い活動を展開。深い人間洞察を笑いのオブラートに包んで表現するのが特徴。2018年、『あたらしいエクスプロージョン』で第62回岸田國士戯曲賞を受賞。舞台代表作に、『その夜明け、嘘。（宮﨑あおい主演）』、『サボテンとバントライン（要 潤主演）』、『俺節（安田章大主演）』、『忘れてもらえないの歌（安田章大主演）』、『七転抜刀！ 戸塚宿』（明石家さんま主演）などがある。また、『墓場、女子高生』は、高校演劇での上演希望も数多く、全国各地で上演が繰り返されている。近年の活躍はテレビから映画まで多岐に渡り、テレビドラマの脚本では、『占い師 天尽』（CBC）、『おふこうさん』（NHK）、『視覚探偵 日暮旅人』（NTV）、『極道めし』（BSジャパン）、24時間テレビ ドラマスペシャル『ヒーローを作った男 石ノ森章太郎物語』（NTV）他多数、映画では『琉神マブヤー THE MOVIE 七つのマブイ』、『血まみれスケバンチェーンソー』などがある。2015年『愛を語れば変態ですか』では映画監督としてもデビューした。（http://www.knocks-inc.com/）

あなたの番です 反撃編

シナリオブック 下

2020年2月27日　第1刷発行

著者

秋元 康　福原充則

発行者

土井尚道

発行所

株式会社飛鳥新社

〒101-0003 東京都千代田区一ツ橋2-4-3光文恒産ビル

電話03-3263-7770（営業）/03-3263-7773（編集）

http://www.asukashinsha.co.jp

印刷・製本

中央精版印刷株式会社

ブックデザイン

鈴木成一デザイン室

DTP

アド・クレール

編集協力

恒吉竹成（ノックス）

編集担当

内田 威

ライター

釣木文恵

出版プロデューサー

将口真明　飯田和弘（日本テレビ）

落丁・乱丁の場合は送料当方負担でお取り替えいたします。小社営業部宛にお送りください。

本書の無断複写、複製（コピー）は著作権法上の例外を除き禁じられています。

©Yasushi Akimoto, Mitsunori Fukuhara, NTV 2020, Printed in Japan

ISBN978-4-86410-735-8

JASRAC 出2001470-001